2
元勇者は静かに暮らしたい
〔著〕こうじ
〔画〕鍋島テツヒロ

シンシア・クルーン
聖国から派遣されたシスター。
かつては別大陸にある帝国の騎士。
アリス・デモン・コーズワルト三世
ノエルが倒した魔王の娘で、現魔王。
穏健派であり人間との共存を目指している。

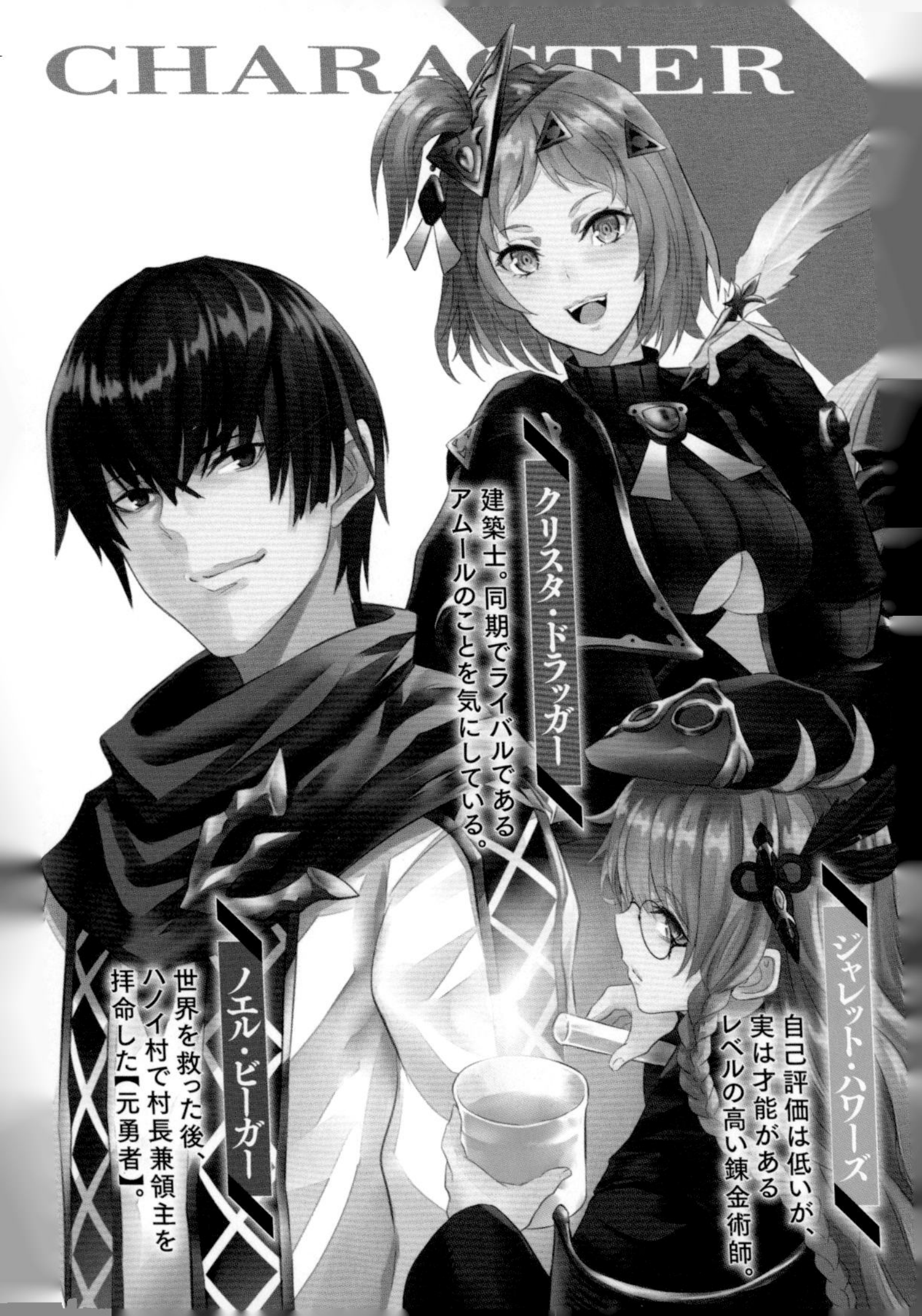
CHARACTER
クリスタ・ドラッガー
建築士。同期でライバルであるアムールのことを気にしている。
ジャレット・ハワーズ
自己評価は低いが、実は才能があるレベルの高い錬金術師。
ノエル・ビーガー
世界を救った後、ハノイ村で村長兼領主を拝命した【元勇者】。

CONTENTS

ダッシュエックス文庫

元勇者は静かに暮らしたい2

こうじ

第41話 元勇者、領主になる

俺ノエル・ビーガーがハノイ村の新たな村長兼領主を拝命してから1か月が経過した。

「此処《ここ》の書類はこういう書き方で……」

「あぁ、なるほど」

「ノエル、ここの数字は間違っているぞ」

「あぁ、そうか……」

現在、俺はミレットやサラに書類の書き方を学んでいる。

何せ村長は勿論《もちろん》、領主なんて初めての経験なのでまるっきりやり方がわからない。

なので、経験者であるミレットに教えてもらっている。

「しかし、サラもこういうのが得意というのは意外だよね」

「魔王軍でも書類仕事はあったからな、ただ肝心《かんじん》の魔王様が全《まった》くこういうことに無関心だった」

そう言ってサラはため息をついた。

「ところでノエル様はこの村をどんな村にしたいんですか？」

「そうだな……、昔みたいな賑《にぎ》やかな村に。出来れば種族関係なく笑顔で暮らせるような村にしたい、と思っている」

「うん、確かに昔は賑やかだったよね」

アクアが俺の意見に同意してくれる。

「アクアは昔の村のことを知っているのか？」

「そりゃあ、私はこの村の土地神だもん」

サラの質問にアクアは胸を張って答えた。

ハノイ村は山の中にあるありふれた小さな村だ。

村の産業といえば木の伐採《ばっさい》や農作物を育て近くの町に売りに出すこと。

道は当然舗装《ほそう》はされておらずでこぼこ道を通らなければならない。

昔は月に一回ぐらいは行商人が生活必需品《ひつじゅひん》を売りに来るくらいだった。

そんな村だから人なんて滅多《めった》に来ない。

でも、俺はこの村が好きだし王都がどんなに都会であろうと此処が安住の地だと思っている。

……思ってはいるのだが、やはりド田舎《いなか》であることには変わりはない。

「しかし、何から手を付ければいいのかさっぱりわからん……」

「だからこそ私達がいるんだろ？　ノエルの理想の村を作る為に力を貸そうじゃないか」

そう言ってサラが俺の肩に手を置く。
そうだな、わからないことは素直に経験者に聞けばいいじゃないか。
幸いなことに元王族のミレットたちもいるしな。

第42話　元勇者、相談をする

「……というわけで何から始めればいい？」

俺は早速サラ達に相談することにした。

「まずは、建物の修理からじゃないか？　人を受け入れるにも家がなければ元も子もないからな」

「そうですね、まずは村の現状を良くしないと。良くも悪くも普通の田舎の村ですからね」

「道も悪いから舗装しないと人も来ないよ？」

「お店もありませんよね、道具屋ぐらいはないと」

……思っていた通り問題は山積みだった。

「そういえば、資金をもらったんじゃないのか？」

そう、式典の時に国王から村を開拓する為の資金をもらっていた。

「正直、これで何が出来るかわからないんだよ……。ミレット、こういうのやったことあるか？」

「お城にいた時は僕の仕事でしたから。父上や兄上の無理難題に半分キレそうになりながらやっていましたよ」

ミレットは遠い目をしながら言った。

「お兄様、胃薬が手放せなかったですよね……」

キャミーも同情の目をしている。

十五歳で胃薬のお世話になっているとは苦労したんだな。

「建築とか舗装に関しては【土木ギルド】に頼めばいいんじゃないかしら？」

確かにそうだな、専門家に頼むのが手だろう
「一応、俺も簡単な建築魔法や土魔法は使えるけど流石《さすが》に大掛かりな物は作れないからな」

「どこで覚えたのよ？」

「そりゃあ、旅の途中で寄った村で職人から教えてもらった。武器の手入れとか自分でしなきゃいけなかったし、土魔法は野営の時に簡単な防壁になるから覚えたんだよ。アイナは土魔法は使えなかったんだろう？」

「……土魔法は魔法使いの中ではハズレ魔法だから。あぁ～、もう私の馬鹿っ！　なんで土魔法を覚えなかったのよっ!?　覚えていれば宮廷魔術師としても活躍出来ていたのにっ!!」

そう絶叫して頭をガシガシとかくアイナ。

……アイナの奴、パーティーの頃は自信満々のプライドの高い性格だったのに、変わったな。

何はともあれまずは土木ギルドに依頼してみるか。

第43話　元勇者、土木ギルドに依頼する

ギルドというのは簡単に言ってしまえば日雇いのハローワークみたいなものだ。

依頼主が依頼を発注し、受ける人が依頼をこなして報酬《ほうしゅう》を得る。

俺も冒険者時代はギルドに入り浸ってガーザスと共に魔物討伐《とうばつ》やら薬草採集とかやっていた。

……まさか依頼する側になるとは思っていなかった。

そんな訳でシュヴィアの王都にある土木ギルドにやって来た。

流石に徒歩で行くのは時間がかかるので転移魔法を使った。

「ここが土木ギルドですか。冒険者ギルドよりちょっと規模が小さいですね」

ついてきたミレットが冒険者ギルドの建物を見て呟《つぶや》く。

「そりゃあなぁ、冒険者ギルドの方が人気はあるからな」

ギルドといえば冒険者ギルドがメジャーだが他にも商業、生産、土木などもある。

そんな話をしながら俺達は中に入った。

さて、中に入るとギルド独特の雰囲気《ふんいき》が漂っている。

依頼をただ受けるだけではなく情報交換の場所でもある。

コミュニケーションを取るのに一番いいのはやはり食事だ。

特に酒なんかは距離をギュッと縮めてくれる。

だから、バーと併設している所が殆《ほとん》どだ。

とりあえず依頼をする為に受付に行く。

「ようこそ、土木ギルドへ。ご用はなんでしょうか？」

受付嬢が笑顔で話しかけてきた。

ここら辺はマニュアル通りなんだな。

「依頼をしたいんだが」

「では、こちらの依頼書に必要事項を書いて持ってきて下さい。依頼内容によりこちらで審査を行いランクを決めますので」

受付で用紙を渡されて、近くの机で記入する。

「まずは家の建て直しからだよな？」

「そうですね、期間は一か月くらいにしましょう」

「報酬はどうする？」

「基本金貨一枚にして、出来高払いでオマケもつけましょう」

ミレットと相談しながら書きすすめ、全部記入し終わったので受付に持っていく。

「書き終わりました」

「はい、記入漏《も》れはありませんね……。では、ちょっとお待ち下さい」

何やらファイルを取りだしパラパラと捲《めく》っていく。

「こちらの依頼はCランクとなります。依頼料として銀貨五枚をいただきます」

銀貨五枚を渡した。

「では、依頼を受け付けました」

すぐに掲示板に貼られた。

「見つかるといいですね」

「そうだな」

「後はちょっと買い物していきましょう。キャミーから花の苗を買ってきてほしいって言われているので」

その後、色々買い物をして俺達は王都を後にした。

第44話　元勇者、裏側を知る

あれから1週間が経過したがギルドから何も連絡は来ていない。

「報酬が安かったか？　それとも期限が短かったのか？」

「いや、適切だと思うんですけど……」

だから、様子を見に、もう一度土木ギルドに行ってみた。

「ううん、だれも手を付けた跡はないな……」

掲示板には貼られているが手に取った跡がない。

頭に、？マークが浮かびながら立っていると、職員が新たな依頼書を貼った。

邪魔にならない様に退いて、様子を見ていると、その依頼書の周りに職人達が集まった。

「おっ！　グランディ伯爵家の改装依頼かっ！」

「よしっ！　この依頼はウチが貰ったっ！」

「バカ言えっ！　お前のところはこないだベランガ侯爵のところを引き受けたじゃないかっ！

ウチに廻せっ！」

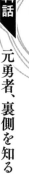

ぎゃあぎゃあと騒ぎ出す職人達。

「なんじゃこりゃ……」

「いつもの光景ですよ」

後ろから声がして振り返ると優しそうな青年がニコニコしながら立っていた。

肩ぐらいまである青色の髪を縛《しば》っている。

「いつもの光景って？」

「みんな、貴族や王族からの依頼しか受けたがらないんですよ」

「なんでだ？　庶民《しょみん》だって家がほしいだろうし改築したいはずだろ？」

「簡単に言ってしまうと地位や金ですよ。貴族や王族に気に入られれば、お抱えになれますからね。それで莫大《ばくだい》な財産が手に入れることが出来るんですよ」

「でも、そういうのはランクが高いだろ？」

「ええ、そうです。だから大手の商会が依頼を取ってきて職人にやらせています。この辺だと『アムール商会』と『クリスタ商会』が牛耳《ぎゅうじ》っています」

「ってことは、あの職人達も？」

「どちらかに所属しています」

……権力争い、とか派閥《はばつ》争いとかどこにでもあるんだな。

「じゃあ、庶民の家とかは後回しになるのか」

「残念なことですがその通りです」

「……開拓となると？」

「まず、引き受けることはない、と思いますよ。時間もかかるし危険もありますから。国の事業だったら人は集まりますけどね」

……なんかガッカリだな。

結局は金と名誉か。

「貴方《あなた》は依頼に来たんですか？」

「あぁ、一週間前に依頼を出したっきり連絡が来ないから様子を見に来たんだが、こりゃ自分達でやった方が早いかもな」

「貴方は職人なんですか？」

「いや、でも建築魔法や改修魔法とかは使える」

「なるほどなるほど……、因《ちな》みに場所は？」

「ハノイ村だ」

「あぁっ……、そういうことですか」

そう言うと青年は掲示板に近づき、俺が出した依頼書を手に取った。

「この依頼、僕が引き受けさせてもらいます」

「あんた、職人なのか？」

「僕はフリーの建築士のアムール・ドラッガーと言います」

へっ？　アムールって……。

「さっきのアムール商会は僕が立ち上げた商会なんです。……まぁ、最近追い出されたんですがね」

そう言ってアムールは苦笑いをしながら名乗った。

第45話　元勇者、訳あり建築士と出会う

「俺はノエル・ビーガー、ハノイ村の村長兼領主だ」

「改めてアムール・ドラッガーと言います。フリーの建築士です」

ギルドを出て、近くの喫茶店《きっさてん》に入って、改めて自己紹介をした。

「っていうか、自分で作った商会を追い出された、ていうのはどういうことなんだ？」

「えぇっとですね、考え方の違いですね。僕は身分は関係なく誰もが幸せに、安全に生活出来る家を作りたくて建築士になったんです。それで仲間と一緒に商会を立ち上げて色んな家を作った結果、貴族からも声がかかるようになりました」

「じゃあ、貴族のお抱えの建築士になったたっていうことか」

「でもね、それは僕の本来やりたいことじゃないんです。身分は関係なく誰もが幸せに、安全に生活出来る家を建てるのが僕の目標なんです。有名になるとか金持ちになるとかは全《まった》く興味がないんです。でも、仲間達はそうじゃなかった」

「裏切りを受けて追い出されたってことか」

「まぁ、そういうことですね。不思議ですよね、自分が作った商会を追い出されるなんてね。でも未練なんてないんですよね」

あっけらかんと笑うアムールを見て、なんか俺とかぶって見えた。

そして、信頼出来る奴だ、とも思った。

「じゃあ、とりあえず現場を見に一緒に来てもらいたいんだ」

「いいですよ、まず現場に行って状況を確認しないと動けませんからね」

俺はアムールを連れて転移魔法でハノイ村に戻った。

第46話 元勇者、気づかせられる

アムールを連れてハノイ村に戻ってきた俺は早速、案内しながら見てもらった。

「自然に囲まれていい環境ですね、僕はこういうの大好きなんですよ」

「そうか、気に入ってもらえてよかったよ」

アムールは村を回りながらウンウンと頷《うなず》いていた。

「普通の家だったら倒壊しているところから使える木材を取り出してくれれば予算もかかりませんし、近くの森から切り出せば問題はありませんね、ところで……」

アムールはある場所を指さした。

「あの一番大きな建物はなんですか？」

「あれは教会なんだ。流石《さすが》にこれを直すレベルの魔法は持ってないんだ」

「なるほど……」

アムールが指さしたのは教会だ。

昔は村の集会所みたいな役割をしていて、牧師様の話を聞いたり、悩み相談をしたり賑《にぎ》やか

EX-BRAVE WANTS A QUIET LIFE

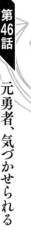

だった。

　しかし、それも遠い昔の話で住人が減少して手入れをする人もいなくなり、長年雨風に打たれたせいで壁はボロボロ、屋根は穴が空いている。

　アムールは壁に触り感触を確かめている。

「この壁に使われている土は、この辺で取れた土ですか？」

「細かいことは知らないが確かそうだった、と思う」

「床や屋根に使われている木材もそうですか？」

　俺は首を縦に振った。

「なるほどなるほど……」

　アムールはうんうんと一人で頷いていた。

「修復出来るのか？」

「ええ、大丈夫です。昔の様になりますよ」

　ニッコリ笑い断言するアムール。

「マジかっ！」

「ええ、この土地にある最高の『素材』を使えば大丈夫ですよ」

「へっ？　最高の素材？」

「はい、ここの土は建築に適した土ですし、木材も管理さえすれば最高の木ですよ」

「……そんなにいいものなのか？」

「身近にあるとわからないものですよ。やっぱり山の中にあるものがいいんですよ。建築士にとっては宝ですよ、この土地は」

俺にはアムールが何かウキウキしてる様に見える。

第47話 元勇者、頼まれる

その後、みんなにアムールを紹介した。

「アムールさんの名前は聞いたことがあります。シュヴィアで一、二を誇る一流建築士と、レバニアでも有名ですよ」

そんなに有名人だったのか……。

「だとしたら、おかしいじゃないか？　自分で作った商会を追い出されるなんて」

サラが疑問を投げかける。

「ひょっとして、最初から地位や名声がほしくて近づいたんじゃないかしら？　手にいれたからお払い箱にされた、とか」

アイナがそんなことを言った。

「あはは、かもしれませんねぇ。でも、僕はどっちでもいいんですよ。逆に感謝しているんです」

「追い出されたのに、か？」

「はい、僕は貴族のご機嫌を取るより、困っている人達の役に立ちたいんですよ。ですから、漸《よう》く自分の好きなことが出来る！　っていう気持ちでいっぱいなんです」

何か気持ちがわかるな。

俺も勇者時代は自分を押し殺していたからな。

アムールは、暫《しば》く村に滞在をすることになった。

「アムールとお兄ちゃんって似ているかもね」

アクアがウンウンと頷いていた。

……それは否定出来ない。

翌日。

「皆さんにお願いしたいことがあるんです。材料の切り出しをしてもらいたいんです」

「材料の切り出し？」

「はい、土と木材が必要ですから」

「木材は近くの森から伐《と》ってくればいいが、土はどうする？」

「土は水辺の土を使いたいんです」

「だったら、河辺に岩場があったな」

「しかし、人数が足りないだろ？」

「あぁ、大丈夫。助《すけ》っ人《と》を呼んだから」

「助っ人？」

と
「おーい、連れてきたぞ～」

現れたのはガーザスとその部下達だ。

事前に連絡しておいたんだよなぁ。

「悪いな、まだゴタゴタしている時に」

「なに、みんなやることなくて暇だったんだよ。それに国としてノエルには迷惑をかけたからな」

別に俺は気にはしてないんだけどな……。

「よしっ！　じゃあ作業に取りかかるぞっ！」

『おぉ～っ!!』

「頼もしいですね。彼等はレバニアの方々ですか？」

アムールが聞いてきた。

「あぁ、信頼出来る奴らだ」

この村はシュヴィア領に入ったが、特別にレバニアとの交流は認めてもらっている。

「僕は一旦、家に戻って道具を取ってきます」

「じゃあ、俺もついていくよ」

俺とアムールは王都に向かった。

第48話　元勇者、アムールの人間関係を知る

シュヴィアの王都のメインから少し離れた裏路地に、アムールの工房はあるそうだ。

「僕が個人的に使っている工房なんですよ」

「へぇ〜、でも商会にも工房があるんじゃないのか？」

「ええ、最新式の道具が揃《そろ》っている立派な工房ですよ。だけど、僕は自分の工房が落ち着いて好きなんですよ。あ、あそこですよ」

アムールが指差した先には所謂《いわゆる》、長屋の一角にアムールの名前が書いてある看板だけが吊り下げられている、教えられなければわからないぐらい普通の家だ。

「ん？　誰か立ってないか？」

「確かに……、誰だろ……？」

工房の前には一人の少女が立っていた。

「あの、僕の工房に何か用ですか？」

「あっ！　アムールっ！　あんた、どこにいたのよっ!?」

EX-BRAVE WANTS A QUIET LIFE

「クリスタ？　なんで此処《ここ》に？」

　クリスタ？

　クリスタ、って確かライバルのクリスタ商会の代表？

　そのクリスタと呼ばれた少女はアムールの襟元《えりもと》を摑《つか》んでグイグイと揺さぶっていた。

「あんたが商会を追い出された、って聞いたからよっ⁉　一体どういうことなのよっ⁉」

「は、話せばわかるから……、く、苦しい……」

「とりあえず、離してもらえないか？」

「……誰よ、あんた？」

「ゲホッゲホッ……、依頼主だよ」

「ハノイ村の村長兼領主のノエルだ。今、アムールに依頼しているんだ」

「えっ⁉　ノエルってもしかして勇者様っ⁉　す、すいません、私、クリスタ商会代表のクリスタ・ドラッガーと言いますっ！」

　俺が名乗るとクリスタは慌てて名乗った。

「そんな改まらなくてもいいよ、元勇者なんだから、ところでドラッガーって……」

「あぁ、ドラッガーっていうのは師匠《ししょう》の姓で、僕達は兄妹弟子なんです」

　あぁ、そういうことか、てっきり身内かと思ったよ。

第49話　元勇者、アムールの人間関係を知る２

「僕達の師匠はエモルド・ドラッガーといってシュヴィア城を設計した方で、結構有名人なんです」

工房に入って改めて事情を聞くことにした。

「それで暖簾《のれん》分《わ》けしてライバルとしてやって来たのか」

「だけど、最近になってアムール商会の作風が変わってきたから、気になって職人に訊いてみたのよ。そしたらアムールが追い出された、って聞いたからっ……」

手をギュッと握りプルプル震えているクリスタ。

「ていうか、追い出した奴も同じ弟子なのか？」

「兄弟子なんですけど、経営とかは全部任していたので……」

「あんなの兄弟子じゃないわっ！　アムールの才能に嫉妬《しっと》してわざと協力したのよっ！」

どこにでも強《した》かな奴はいるもんだ。

「でもライバルなんだろ？　いなくなって好都合なんじゃないか？」

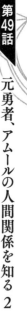

「そうだよ、僕はもうフリーの建築士で貴族からの依頼は受けないつもり。これからは庶民《しょみん》の相手をするんだから」

「……確かに商会にとっては好都合だろうけど、私は同期でライバルなのよ。心配して当たり前じゃない」

「そっか……、ありがとねクリスタ」

「っ⁉」

……あぁ～、そういうことか。

クリスタの顔がポッと真っ赤になったので、漸く事情が理解できた。

アムールは鈍感そうだからな、上手《うま》くいったらいいんだけどな。

ただクリスタも素直じゃなさそうだし。

「俺はちょっと街の中を一時間くらい歩いてくるから」

そう言って俺は一旦工房を出た。

俺が向かったのはシュヴィア城。

ちょっと相談にでも行ってくるか。

第50話　元勇者、相談をする2

俺は、シュバルツに会いにシュヴィア城にやって来た。

「ノエル殿、どうされたんですか？」

「うん、ちょっと相談事でな」

俺はアムールの件を話した。

「なるほど……、実は最近の貴族の建築に関しては気にはなっていたんです。建築する為には国の許可が必要なんですが……」

そう言ってシュバルツはある物を見せてくれた。

「これは最近申請された貴族の家の図面なんですが、装飾等が豪華過ぎるんです」

確かにそうだな。壁には装飾がこれでもかっ！　ってぐらいにしてあり、王族の家と間違えるぐらいだ。

「これも建築士達が何も知らない貴族達に勧めてくるんですよ」

「貴族達は断ることが出来ないか？」

「貴族達には建築の知識がありませんからね。言われるがままになってしまうんです。それに、『貴族の家は豪華絢爛《ごうかけんらん》であるべき』という考えが根強いんです」

「そうか……、でもこのままだと駄目なんじゃないか？」

「それは勿論《もちろん》わかっています。規制をかけるべきだとは思うんですが、建築士や貴族たちからの反発を考えるとなかなか難しいんです」

「建築士ってそんなに力があるのか？」

「ええ、これもシュヴィア城が出来た頃、その出来映えにいたく感動した当時の国王が褒《ほ》めたたえて『儂《わし》と同じ権限を与える』と宣言しちゃったんです……。こっちとしてははた迷惑な話ですよ」

　そう言ってシュバルツは溜息を吐いた。

「俺としてはアムールみたいな建築士が世の中に必要になってくる、と思うんだよ」

「私も全《まった》く同じです。だから流れを変えるべきなんですよね……」

　流れを変える、か……。

第51話　元勇者、アムールとクリスタの師匠に会う

シュバルツと話した後、城を出ようとしたところ、サリウス王に会った。

「ノエル殿、いらっしゃっていたのですか」

「あぁ、王都に用があって来ていたんだよ」

サリウス王の隣には賢そうな老人がいた。

「サリウス王、この青年が先程話されていた勇者殿ですかな？」

「ええ、そうです。エモルド殿」

えっ、エモルド？

「ひょっとして建築士のエモルド・ドラッガーさんですか？」

「ほう、儂を御存じでしたか。いかにもエモルド・ドラッガーとは儂のことですじゃ」

クワックワックワッと豪快に笑うエモルド。

「お弟子さんのアムールさんに仕事を依頼してましして……」

「ほう、アムールにですか？　あ奴は弟子の中でも優秀な奴ですわ。建築について純粋に学ん

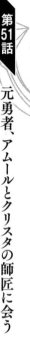

でいる将来性のある若者じゃ。ただ純粋過ぎるのが難点ですがな」

「実は、城の建て替えの相談をエモルド殿としていてな、弟子の中からデザイナーを選ぼう、という話をしていたのだ」

「そういえばこの城はエモルドさんがデザインした、って言ってたな。

「そういえば、聞いていますか？　アムールさんが商会を追い出された、っていうのは」

「いや……、それは初耳じゃが」

エモルドさんは驚いた表情をした。

本当に知らなかったみたいだ。

俺はアムールやクリスタから聞いた話をエモルドさんに話した。

「そんなことがあったとは……。儂も最近、隠居《いんきょ》生活をしていて弟子達の近況を聞いておらなかったんじゃが……」

「確かに、最近の貴族の建物を見ていると一見豪華だが無駄な装飾があったり、部屋数が多すぎたりしておる」

「儂は建物とは依頼主のことを考え、機能性や利便性を重視せよ、と教えていたはずじゃが……、どうやらすっかり忘れてしまったみたいですな。これはキツいお灸《きゅう》が必要みたいじゃな……」

エモルドさんは何か考えているみたいだが、この時はわからなかった。

まぁ、後に貴族達や建築士達をぎゃふんと言わせる様な出来事が起きることになる。

第52話　元勇者、アムールの過去を知る

城を出て再びアムールと合流して、村に戻ってきた。

何故かクリスタもついてきたのだが。

「ついてきていいのか？　他に仕事もあるんだろ？」

「いいのよ、私の仕事は図面を書くことだけで、現場には行かないから、っていうか行かせてくれないのよ」

「なんでだ？　現場でも色々指示を出さなきゃいけないんだろ？」

「女である私に指図されるのが嫌な職人もいるのよ」

なるほどな。いや、納得したら失礼か。

優秀な奴だったら、男も女も関係ないと思うが。

材料は既に用意されており、アムールの指示の元、作業が行われている。

テキパキと指示をしたり指導したりするのはやはり慣れているんだろうな。

「しかし、アムールは建築に関することが本当に好きなんだな」

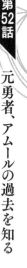

「……好きではない、と思うわ。逆だと思う」

「逆？」

「アムールの両親、詐欺《さぎ》にあって欠陥住宅を買わされたのよ」

「えっ⁉」

「なけなしの貯金はたいて買ったのに……、悲しんでいる両親を見て建築士になって立派な家を建ててやろう、って言っていたわ」

「そうだったのか……。でも詳しいな」

「そりゃそうよ。その欠陥住宅を売ったのは私の父親なんだから。今は絶縁して元父親だけど」

……はい？

第53話 元勇者、クリスタの事情を知る

「そりゃ、どういうことだ？」

「私の実家は不動産関係の仕事をしているんだけど、元父親は客の足元を見るタイプで、侯爵家とか伯爵家なら立派な家を売るんだけど、男爵とかだったら、適当に売っていたのよ」

「ってことはアムールの実家は……」

「男爵家。それで元父親は欠陥のある家を売ったのよ。でも、客は何も知らないから喜んでいたのよ。私はそれが心苦しかったわ」

「じゃあ、アムールと会ったのは弟子になってからじゃなかったのか」

「アムールは覚えてないはずよ。私もチラッと見ただけだから。でもなんとなく覚えてはいたのよ。だから、弟子入りして再会した時はビックリしたわ。それから、徐々に仲良くなっていったんだけど……」

急にクリスタの表情が曇った。

「アムールの両親、自殺したのよ。騙《だま》されたのがショックで……」

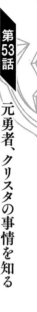

「……」

　言葉が出なかった。

「家を買う時に借金をしていたみたいで、せっかく買ったのが欠陥住宅で、周りに色々言われたストレスで……。その話、聞いた時はショックで……。それで元父親と大喧嘩《おおげんか》して絶縁したの」

「でも、それはクリスタが悪いわけじゃないだろ？」

「私が納得いかなかったの。騙して手に入れたそんなお金で生活していたなんて気持ち悪いし、申し訳なくて……」

　なるほど、クリスタにはクリスタなりの事情があるのか。

「だから、私は決して不幸にさせない家を作りたいのよ。だけど、貴族は見た目を重視する傾向があるから……」

　クリスタは溜め息を吐いた。

　現実は厳しいみたいだな。

第54話 元勇者、感謝する

教会の建て直しが始まって半月が経過した。

「外観はほぼ完成したな」

ボロボロだった壁は見事に綺麗《きれい》に修復された。

「こんなにボコボコさせずに綺麗な壁に仕上げるなんて流石《さすが》は建築士だな」

「壁塗りは基礎中の基礎ですからね。修行時代は飽《あ》きるほどやらされましたよ」

懐かしそうな顔でアムールは言った。

「このシンプルな感じがいいよな。無駄な装飾がされていないっていうのが」

「この村の風景には派手な外観は似合わない、と思ったんです」

なるほど、そこまで気を遣うとは流石だな。

「次は内装か」

「長椅子《ながいす》は新たに作り直しましょう。ただ、作れない物があるんですよ」

「あぁ、これか……」

教会の奥にある『女神像』

それと天井画。

これはアムールでも無理みたいだ。

女神像なんかはボロボロになっている。

お袋の前任の女神だろうな、お袋とは似ても似つかない。

これは流石に作り直しだよな。

「誰か彫刻家とかいないか？」

「商会にいますけど……、流石に」

追い出された身としては頼めないよな。

「とりあえず直せる物は直していこう」

「そうですね」

すると、

「ほう、これは立派な教会じゃな」

突然、入口から声がしたので振り向くと、

「師匠《ししょう》！」

エモルドさんが立っていた。

第55話 元勇者、教会の意外な真実を知る

「師匠、どうして此処《ここ》に？」

「お前の噂《うわさ》を聞いてな、様子を見に来たんじゃよ」

横にはシュバルツがいた。

「シュバルツが連れてきたのか」

「エモルド様に頼まれたら断れませんからね」

俺とシュバルツはヒソヒソと小声で話した後、エモルドさんに挨拶《あいさつ》をした。

「こんな田舎《いなか》までわざわざお越しいただいてありがとうございます」

「今は隠居《いんきょ》しておるからのぉ、時間があり余ってしょうがないんじゃ。しかし、お前がこの教会の建て直しを担当しているとはのぉ」

「エモルドさん、この教会を知っているのか？」

今の口振りは知っていそうな感じだった。

「そりゃあ、儂《わし》が初めて手掛けた建物じゃからな。忘れるはずもない」

「……えぇっ⁉」

　この教会はエモルドさんが造った物っ⁉

「儂が駆け出しの頃、此処の当時の村長に頼まれ造ったのがこの教会なんじゃ。外観を見て、当時を思い出したわ。あの頃は、とにかく自分が造った建物に、人が集まり笑顔になるのが嬉しくてのぉ、何度も見に来たわい」

　懐かしそうな顔をして語るエモルドさん。

「なんだか師匠の雰囲気《ふんいき》が全体から漂っていたのはそういうことだったんですか」

「うむ、当時は成り立てだったから基本に忠実にやっておった。壁も何回も塗り直して漸《よう》く出来上がった。それもちゃんと再現しておる。流石じゃの、アムール」

「ありがとうございます！」

　褒《ほ》められて嬉しそうなアムール。

　そりゃあ知らなかったとはいえ、師匠の手掛けた建物を弟子が建て直しをしているんだ。

　感慨深いものもあるだろう。

第56話　元勇者、ある計画を知る

「それと、もう一つお前に伝えなければいかんことがあってな」

「なんでしょうか？」

「近日中にシュヴィア城の建て替え工事が行われる。その建築士を決める『コンペティション』を行う」

「えっ!?　本当ですかっ!?」

あの話、本当だったのか……。

城といえば国のシンボルといっても過言ではない。

その建て替えを担当することになる、としたら建築士にとっては名誉なことだろう。

しかも、先のデザインはエモルドさんが担当した。

実質上のエモルドさんの後継者を決めることになる。

建築業界に詳しくない俺でもドでかい仕事であることはわかる。

「多分、国中の建築士が手を挙げるだろう。アムール、お前はどうする？」

EX-BRAVE WANTS A QUIET LIFE

「……僕は参加しません。もう、貴族や建築士の見栄とかに振り回されるのはうんざりなので」

「そう言うと思ったわい。それでこそお前じゃ。アムール、お前はお前の好きな様に生きればいいんじゃ」

　ホッホッと笑うエモルドさん。

　多分アムールを試したんだろうな。

「ノエル殿、アムールのことをよろしく頼みましたぞ」

　教会から離れてエモルドさんに頭を下げられた。

「いやいや、頼むと言われても……」

「儂は今の業界内に流行《はや》る悪い風邪《かぜ》を治さなければいけませんからな」

「？　どういう意味です？」

「今回のコンペ、一つの課題を出そうと思ってましてな。テーマはこの儂の『終《つい》の住処《すみか》』ですじゃ」

「終の住処？」

「そう、儂もこの歳《とし》になりますからな。そろそろ人生の終幕について考えなければなりませぬ。だから、弟子にデザインさせよう、と思っておるんじゃ」

　そりゃあ、弟子達も気合い入れて作ってくるだろう。

「因《ちな》みにノエル殿は、終の住処はどう考えておりますかな？」

「いや、いきなり言われてもなぁ……、ただ生まれ育った家で迎えられたらいいですね」

その為にこの村に戻ってきた訳だからな。

「ほう、流石は勇者、若いのによくわかってらっしゃる。儂も同じですじゃ。最期は心穏やかに迎えたいもの。無駄な装飾などいらんのですじゃ。その考えがあるか試してやろう、と思っていますのじゃ」

なるほど、エモルドさんの様な高名な人に言われれば、価値観とかひっくり返る可能性が高い。

「まぁ、老人の最後の大掃除《おおそうじ》だと思ってくだされ」

その顔は悪戯《いたずら》を企《たくら》んでいる子供の様な笑顔だった。

第57話　元勇者、彫刻家に会う

内装を手掛け始めて、一か月が経過した。

ほぼ完成したのだがやっぱり問題は女神像と天井画だ。

「天井画も女神像も修復するにも再現するのはなかなか難しいですよ、余程腕がある彫刻家が彫ったものですよ」

「ってことになると、レベルが高いな。やっぱり新しいものを作った方が良いのか……」

「いっそのこと、天井画はお兄ちゃんが魔王を倒したシーンとか描いてみたら？」

「やめてくれっ！　自画自賛で恥ずかしいっ！」

アクアの提案に俺はストップをかけた。

他人が描くならまだいいが俺のいる村でソレを描いたらめちゃくちゃ恥ずかしい。

まずは彫刻家を探さないといけないな。

ギルドに依頼するべきなのだろうが、コンペのことが発表されてからはその話題で持ちきりで余計に受けてくれるかどうかわからない。

どん詰まり状態だ。

が、そんな時に救いの神はいた。

「ノエルさん、レバニアに腕の立つ彫刻家がいますから紹介しましょうか？」

「マジかっ!?」

ミレットからの提案にくいついた。

「はい、僕の同級生で王族お抱えの彫刻家だった奴です」

藁《わら》にもすがる思いでミレットにお願いした。

数日後にその人物はやって来た。

「初めまして、サニー・ライアスと言います」

「ノエル・ビーガーだ、よろしく頼む」

「こちらこそ。女神像を手掛けるなんて彫刻家にとっては名誉なことなのでありがたいことですよ」

「サニーには兄のことで迷惑かけてしまったからね。罪滅ぼしになるかどうかわからないけど」

ミレットが申し訳なさそうな顔をしている。

「別に気にしてないからいいよ」

「何があったんだ？」

「魔王討伐《とうばつ》後、父上の我《わ》が儘《まま》で兄の銅像を作ったんですが、その製作者がサニーなんです」

そういえば、そんなことを聞いたな。

「そういえば、その銅像はどうなったんだ?」

「クーデターの時にぶっ壊れました。サニー、アレわざと壊れやすい様に作ったでしょ?」

「あはは、あの時は余りの要求の多さでイラッときたから、ちょっとした悪戯心《いたずらごころ》でね」

見た目とは違って逞《たくま》しい奴だ。

第58話　元勇者、静かな異変を知る

早速、教会に入ってもらい女神像の状態を見てもらう。

「なるほど……、流石《さすが》に再現は難しいですね、新しい物を作った方がよろしいと思いますよ」

女神像を一目見てサニーはそう言った。

やっぱりそうなるか……。

いや、別に不満ではないんだがお袋だからなぁ……。

ぶっちゃけ複雑でもある。

でも、一般的に女神は姿を見せたことがないので、聖書とかからの想像で作られる、と聞いたことがある。

「流石に不在はマズイですから代用の女神像を用意しますよ」

「作り直すことになるとどれくらいかかる？」

「半月ぐらいかかりますね」

まぁ、それぐらいならしょうがないか。

「他の仕事もあるだろうにすまないな」

「いえいえ、丁度《ちょうど》時間が空いていましたから。それに、大きな仕事は大手が持っていっちゃいますから」

「大手というとシュヴィアの商会のことか？」

「はい、ただ最近大変なことが起きているみたいで」

「大変なこと？」

「ええ、とある伯爵家の自宅がリフォームされたのですが、そこの階段で奥様が転倒されて大《おお》怪我《けが》をされたそうなんです」

「足を踏み外すことくらいはあるだろ？　そんな大事とは思えないけどな」

「ただね、奥様は妊娠《にんしん》中だったんですよ」

「えっ……、それじゃあ」

「はい、流産されてしまいました。それで伯爵様は大激怒してしまい、その担当した建築士に損害賠償を求めているそうなんです。その賠償額も半端《はんぱ》ないみたいで……」

「因《ちな》みにその建築士って誰だ？」

「確かゼオール・ドラッガーっていう人ですよ」

「ええっ!?　その人、僕の兄弟子ですよっ!?」

「えっ、もしかしてアムールを追い出したっていうのは……」

「はい、その兄弟子です」

なんとまぁ、因果応報《いんがおうほう》とはよくいうが、こんな形でアムールを追い出した罰《ばち》が当たるとはなあ……。

第59話　元勇者、騒動を見守る

後日、代わりの女神像がやって来た。

「女神像ってデザインが一緒なんだよな。微妙に違いはあるんだろうけど」

「僕達、彫刻家の中では有名な話ですけど、女神像をアレンジしたりすると次の日に粉々になっている、という噂《うわさ》があるんです。何度も壊されてノイローゼになって辞めた人もいますから」

それは多分、前任者の女神の仕業《しわざ》だろう。

お袋は美人だけど見た目とか気にはしてなかったからな。

翌日、クリスタがやって来た。

「聞いたが、アムールがいた商会がえらいことになっているらしいな」

「商会だけじゃなくて建築士業界にも影響が出ているわよ。その伯爵様が貴族院の議長をやっているから、議会で大々的に取り上げられたから国も動かす事態にまで発展しちゃったわ」

「リフォームした理由が『奥様が安全に子供を産める環境にしたい』だったから。伯爵様も色々リクエストしたらしいけど無視されたらしいから、余計怒りが収まらないんでしょう」

「クリスタのところも影響はあるんだろ?」

「当然よ。まぁ、いずれはこうなるだろう、と思っていたわ。だから、軌道修正しないとダメね」

「そういえばシュヴィア城のコンペの話は?」

「確かに建築士全員が盛り上がったんだけど、このことが起こったわけだから、私のところはデザインの修正を指示したわ。危機感を持っているかどうかが試されるわけだから」

これを一時的に考えるか、危機感を持って考えるかどうか。

タイミングが良いんだか悪いんだかわからないが、分岐点《ぶんきてん》にはなるんだろうな。

幕間17　後悔先に立たず

シュヴィアの王都の一等地にあるアムール商会。

その現代表でありアムールを追い出した張本人《ちょうほんにん》であるゼオール・ドラッガーは、現在非常にまずい状況に陥《おちい》っていた。

きっかけは言わずもがな伯爵家で起こった事故だ。

設計ミスであると断罪され、国会に呼ばれて追及され、得意先だった貴族からは契約を打ち切られ、メンバーには次々と辞められ、多額の賠償金を支払う羽目になったのだ。

絵にかいたような転落である。

「どうして……、こうなったんだ……。アムールを追い出してこれから軌道にのるはずだったのに……!!」

自室で一人愚痴《ぐち》るゼオール。

「そもそも、アレは俺がデザインしたわけじゃないんだっ！　俺が直接悪い訳じゃないのにっ!!」

「いや、建築士として基本を忘れたお前が悪い」

「っ⁉　だ、誰だっ⁉」

「師匠《ししょう》の顔を忘れたのか？　ゼオール」

突然、声がして俯《うつむ》いていた顔をあげたゼオール。

扉の前にいたのはエモルドだった。

「し、師匠……、何故此処《ここ》に？　私に救いの手を差しのべてくれるのですか？」

エモルドはため息を吐き、

「まぁ、ある意味救いかもしれんが……、ゼオール、お前は建築士として一番大切なことを忘れていたからこうなったんじゃ。何かわかるか？」

「大切なこと……？」

「わからんようじゃな……。お前は儂《わし》の元で修行していた頃も儂の話を聞いていなかったな。家とは住人が快適に、幸せに暮らす為にあるのじゃ。しかし、お前は目先の地位や名誉に目が眩《くら》み、一番大切な『安全性』を軽視しておったのだ」

「そ、それは……、しかし私だけじゃありません！　周りの建築士達も似たようなことをしております っ！」

「そう、儂の監督不行届きでもある。儂も責任を取るつもりじゃ。だから、お前も責任を取れ」

「せ、責任と申しますと……？」

「この商会をたたみ、もう建築の世界から足を洗え。お前には建築士を名乗る資格はない」

「そ、それはっ……、追放ということですか……っ!?」

「そのつもりで言ったはずじゃが？　師である儂が引導《いんどう》を渡すのが当たり前じゃろ？」

ゼオールはガクッと崩れ落ちた。

その数日後、アムール商会は倒産した。

第60話　元勇者、世の中の裏にあきれる

　アムール商会倒産の話は俺の元まで伝わってきた。ていうか、シュバルツが報告しに来た。

「アムールは複雑だろ？　自分が関わった店が潰れてしまうなんて」

「いえ、それだけのことをしてしまったんですからしょうがないですよ」

「ただ、これで終わりじゃないんですよ」

「と、言うと？」

「実は貴族の屋敷を建てる時は公平にする為にコンペを行うんですが、その殆《ほとん》どが出来レースなんです」

「つまり、予《あらかじ》め決まっているのにコンペを行うのか、何の為に？」

「世間に対する、いや国に対するアピールですよ」

　汚いことはやっていませんよ、公平に決めていますよ、っていうことか。

「ゼオール兄は貴族に結構なお金を渡していたみたいですよ」

「建築士が上なのか、貴族が上なのかどっちかわからないな」

EX-BRAVE WANTS A QUIET LIFE

「我々、王族はちゃんと公平にしていますよ。現在も審議を行っています」

「そういえばコンペってどういうことをやるんだ？」

「設計図や模型を提出してもらい、建築士にプレゼンしてもらいます。父上も建築に関しては詳しいのでかなり厳しいですよ」

「師匠も言っていました。一番難しい仕事だった、って」

そりゃ、国の顔でもある城を建てる仕事だからな、責任重大だ。

さて、クリスタは大丈夫なのだろうか？

幕間18 クリスタの決意

アムール商会の倒産はシュヴィアの建築士達に大きな影響を与えていた。

それでも、影響も騒ぎもすぐに収まるだろう、と思っていた。

クリスタが代表を務めるクリスタ商会にもそんな意見が多かった。

そんな中クリスタはある紙を見ていた。

それは国からのお達しで『未開発の村への開拓団のメンバーの募集』である。

場所はハノイ村、これはノエルがシュバルツに依頼したものであるが、建築士達は無視していた。

大きな理由としては、長期間の拘束《こうそく》、給金の少なさなどがあげられる。

「代表、コンペに出す模型の試作品が完成しました」

「うん、……デザインはちょっと抑えた方がいいわね。安全性の方はどうなっているの？」

「代表の言われた通りにしております」

図面と模型を何度も見比べながら真剣な目で見ながら細かい修正部分を口に出していく。

部下はそれをメモしていく。

「……これなら大丈夫ね」

「では、新たに作り直します」

部下は一礼して部屋を出ていった。

クリスタは再び紙を見る。

「開拓かぁ……」

クリスタは実際にハノイ村を見ていて資源の多さにビックリしていた。

きっと、参加すればいい経験になるのはわかっている。

しかし、周りが賛同しないのは目に見えている。

代表としての地位を取るか、一建築士としての経験を取るのか。

クリスタはそこを悩んでいた。

そんな中、クリスタは国から呼び出された。

「実は貴女《あなた》の商会に不正の疑いがあります」

「えぇっ!? わ、私はしてませんっ!!」

シュバルツから言われた言葉にクリスタは否定した。

「正確に言うと貴女の部下が、ある貴族の屋敷の改築工事のコンペの時に金を渡した、という証言が出ている。これが事実だとしたら貴女の商会に罰《ばつ》を与えなければならない」

クリスタは目眩《めまい》がした。

不正などせずに正々堂々とデザインで勝負してきた、と自負があった。

しかし、自分の知らないところで不正が行われていた、とは……。

「クリスタ嬢、大丈夫ですか?」

「は、はい……。すみません、知らなかったとはいえ申し訳ありません。責任は取りますので……」

「あくまでまだ疑いの段階ですから、それに今の貴女のリアクションで貴女は関与していない、と確信しました」

「疑いが出た時点で私の監督不行届きですから……」

その後、商会に戻ったクリスタは部下を呼び出し問いただした。

部下はあっさりと不正の事実を認めた。

しかし、悪びれることもなく他の商会もやっている、と言ってのけた。

怒鳴りたいやら泣きたいやらクリスタは様々な感情が渦巻《うずま》いていた。

結果、クリスタが最終的に出した決断、それは……。

クリスタ商会の代表の辞任、そしてハノイ村の開拓団への参加だった。

第61話　元勇者、聖王と再会する

着工から数か月後、遂《つい》に教会が完成した。

その姿は当時のままだった。

「しかし、こうも当時のままに再現するとは……、特殊な力でもあるんじゃないのか？」

「いえいえ、僕は出来ることをやっただけですから」

「女神像も出来たし天井画も出来上がったし文句無しの出来栄えでしょ？」

うん、出来たのはいいが……、なんでお袋の姿になってるんだよ。

「女神像はアクアさんの協力もあって新しい女神様の姿を作ることが出来ましたよ」

お前の仕業《しわざ》かいっ⁉

俺はアクアを睨《にら》んだがアクアはふいっと口笛を吹きながら顔を背けた。

天井画も、女神が庶民《しょみん》に祝福を与えている姿だったんだけど、実際の姿を知っているこっちの身としては、なんとも言えない……。

ただ、これで教会として機能するわけじゃない。

ちゃんと聖国に報告して聖王の加護を受けなければならない。

だから、教会として機能するのはまだ先の話だ。

「とりあえず、聖国に報告でもするか……」

すると、

「それには及ばないわよ♪」

後ろから声がしたので振り向くと……。

「立派な教会が完成したわね♪」

「聖王様っ⁉」

「えっ⁉　この人が聖王っ⁉」

ニコニコ顔の聖王ミラージュがいました。

「いっ、いつの間にっ⁉　ていうか、なんで此処《ここ》にっ⁉」

「初めて来た時に『転移ポイント』を設置しておいたの。いちいち船で来るのも面倒だからね。教会を造っている、というのはシュヴィアからの報告で知っていたわ。多分、完成するだろう、と思って来たわ」

すげぇ行動的……、ていうか報告されてたのか。

「アムールっていったわね？　素晴らしい建物を造ったわね。貴方《あなた》の腕、大したものだわ」

「あっ、ありがとうございます！　聖王様に褒《ほ》めていただき光栄です！」

「教会のあるべき姿よね。最近の教会は派手過ぎてダメ。シンプルな美しさが必要なのよ」

ウンウンと頷《うなず》くミラージュ。

気に入ってくれたみたいだ。

その後、ミラージュは教会に加護をつけた。

中に入って女神像に祈りを捧げて呪文を唱えた。

教会の空気が一気に澄んだ様に思えた。

「ここにはシスターを派遣するわ」

「シスターって……」

「大丈夫よ、ステラは今再教育中だし、聖女の資格は取り上げたし、一生聖国で生活させる予定だから。別の人物を派遣させるわ」

いや、まぁ気にはしてないから別にいいんだけども。

第62話　元勇者、聖王に頼みごとされる

「実はノエルに一つ頼みごとがあるのよ」

俺に頼みごと？

「この村には圧倒的に子供が少ないじゃない？　だから、聖国《うち》で保護している孤児を何人か引き取ってほしいのよ」

「引き取る？　子供を？」

「そう、なんらかの事情で家族をなくしたり捨てられたりした子供達を教会から送ってもらって、聖国にある孤児院で保護しているのよ」

その話を聞いて、思い出したことがある。

勇者として魔王討伐《とうばつ》の旅をしていた時に、魔族に襲われた村にいくつか立ち寄ったことがある。

村人に頼まれて魔物退治をしたんだが、村で見たのは親の遺体にすり寄りながら泣きじゃくっている子供の姿だった。

俺はこの子達の笑顔を守る為に旅をしているんだな、と思った。

そして、魔王を倒してハノイ村までの帰り道に、その救った村へ立ち寄った。

鎧《よろい》や兜《かぶと》をしてないから、俺が勇者だということに、基本的に気づいていない。

ただ中には気づく人もいてお礼を言われたこともある。

その時に見たのは子供達が施設で無邪気に遊んでいる姿だった。

それを見た時に報われた気分になった。

「わかりました。引き取らせてもらいます」

「後日、シスターと一緒に連れてくるからヨロシクね。あ、その中にはステラの子供もいるから」

……は？

「今、聞き捨てならないこと言ったよなっ⁉　ステラに子供がいるのかっ⁉」

「正確に言えば妊娠していたのよ。まぁ、私の力で取り出してある程度は成長しているわ。当然だけど親の顔なんて覚えてないし、記憶もない。ステラもこのことは知らないし、教える気もない。これも彼女の罰よ」

正直、複雑な気分だがしょうがない。

まぁ、会った瞬間そんな複雑な気分は吹っ飛んだんだけどな。

我ながら単純だと思う。

第63話 元勇者、孤児を引き取る

ミラージュからの依頼を受けてから数日後、シスターに連れられて子供達がやって来た。

「聖国より派遣されましたシンシア・クルーンと申します。よろしくお願いいたします」

「村長兼領主のノエルだ。こちらこそよろしく」

シンシアは優しそうな女性だ。

子供達は人間だけかと思っていたが、獣人だったり魔族もいたので驚いた。

ミラージュの意向で人種関係なく孤児を保護しているらしい。

その中に幼い頃のステラそっくりの少女がいた。

「えっと……、ルーシェと言います。よろしくお願いしましゅ……、し、舌嚙《か》んじゃった……」

涙目になって恥ずかしがるルーシェを見て、数日間の複雑な気分は全部吹っ飛んだ。

ていうか、全体的にみんな可愛《かわい》い。

そんな俺よりも反応したのがキャミーだった。

「私のことはお姉ちゃんって呼んでいいからね！」

「……キャミーって、あんなタイプだったか？」

「多分、末っ子だから、妹や弟がほしかったんじゃないかって思うんです」

なるほどなぁ……、まぁ、俺も一人っ子だからわからないわけではない。

こうして村はまた賑《にぎ》やかになった。

更にその数日後、この村に開拓団を派遣する話が漸《ようや》くまとまった、とシュバルツから連絡があった。

そのリストの中にクリスタがいたのは驚いた。

第64話　元勇者、孤児たちの境遇を知る

シンシアと子供達は教会に住むことになった。

シンシア曰《いわ》く『将来的には孤児院を開きたい』とのこと。

子供達は人間が二名、獣人が三名、エルフが二名、魔族が二名だ。

人間の子供達はルーシェとハイツという男の子だ。赤ちゃんの時に教会に手紙と一緒に捨てられていたらしい。

どうやら母親が生活が苦しくてやむなく捨てられたみたいだ。

獣人の子は三人とも女の子でベラ、ルア、ミワという。

三人は奴隷《どれい》として売られていたらしい。

エルフは男女一人ずつで男の子はエリン、女の子はミラルという。

なんでも二人は住んでいた村が何者かに襲われて逃げてきたらしい。

因《ちな》みに子供達の中では年長者だ。といっても六歳ぐらいに見えるがエルフは長寿の一族だから、実年齢はわからない。

　さて、最後は魔族の子供達だが、サラの姿を見て驚いた。

「もしかしてサラ様じゃありませんかっ⁉」

「私のことを知っているのか？」

「はい、サラ様は不遇の身でありながら魔王様に認められて四天王《してんのう》の地位まで登り詰めた、僕達の目標であり憧れです！」

　魔族の少年カイヤと少女ミサが目を輝かせてサラを見てる。

「サラって有名だったんだな……」

「ま、前の話だ……、あの頃は生きる為には魔王軍に就職するのが唯一の道だったからな」

　サラは顔を真っ赤にして照れている。

　で、カイヤとミサはエリン達同様で住んでいた村から逃げてきたらしい。

　ただ、逃げた理由は村で迫害を受けていたからだそうだ。

　魔族でありながら『光』の属性を持って生まれたのが原因らしい。

　子供達の事情はシンシアから聞いた話だ。

「しかし、全員が壮絶《そうぜつ》な過去を持っているのに目が輝いているな」

「ええ、聖王様から心のケアを徹底するように、と厳しく言われてきましたから。私も含めて聖王様には救われています」

「ということはシンシアもわけあり、ということか？」

「そういうことになりますかね」

そう言ってシンシアはにっこり笑った。

第65話　元勇者、シンシアの秘密を知る

子供達が来て、数日が経過した。

子供達は適応力が高くて村の環境にはすぐに慣れ、教会近くの広場で元気よく遊ぶ姿を見かける。

やはり自然と接するのが子供の環境には一番いいんだろうなぁ。

さて、シスター・シンシアだが、最初はただのシスターだ、と思っていたがどうも身のこなしが冒険者をやっていた様に思える。

柔和《にゅうわ》な感じがするんだけどなぁ……。

それはサラも同じみたいでシンシアの動きをジッと見ている。

「サラ、シンシアのことが気になるのか？」

「うむ、同じ武芸者の匂《にお》いがするんだ……」

「会ったことがあるとか？」

「いや、しかし顔はどこかで見たことあるんだ……」

ふむ、知り合ったばかりであんまり過去をほじくる様なことはしたくはないんだけどなぁ。

ところが、意外な形でシンシアの正体を知ることになる。

それは、シンシアに森の中を案内していた時のこと。

「ここら辺は俺が小さい時に遊んでいた場所なんだ」

「森の澄んだ空気が気持ちいいですね」

「ただ、たまに野獣が出たりするんだが……」

と、茂みがガサッと動いた。

思わず身構える。

どうも気配を感じるな……。

すると、いきなり破裂音がした。

パン、パンと乾いた音が二発。

振り向いたらシンシアが上空に銃を向けていた。

「シ、シンシア？　その銃は？」

「あぁ、これですか？　昔、これで戦っていたことがあるんですよ。今も手離せないんですよ」

「やっぱり冒険者なのか？」

「いいえ、私は冒険者じゃなくて軍にいたんですよ。『銃騎士』というんですが」

「軍て、何処《どこ》の？　レバニアかシュヴィアか？」

「いいえ、別の大陸にあるニラノマ帝国という国で一応、将軍の地位まで登り詰めました」

……将軍？

もしかして、凄《すご》い実力者なのか？

第66話　元勇者、シンシアの過去を知る

「私、元々は孤児でしてね、結構色んな修羅場《しゅらば》をくぐってきたんですよ。でもそのお蔭《かげ》で銃器の扱いなら誰にも負けないぐらいに強くなって帝国にスカウトされて銃騎士という役職をいただいて、その後将軍まで登り詰めたんですよ」

ニコニコ笑いながら話しているが話の内容と合っていない。

「よくそんな笑顔で話せるな……」

「軍時代は、こんなに表情豊かではなかったんですよ。昔は『銃殺姫』なんて呼ばれていましたねぇ」

また、物騒な二つ名をつけられていたなっ!?

「ってことは魔王軍相手に戦っていたのか……」

「そうですね、当時は魔物もおりましたし人間も相手にしていましたね。まぁ、死なない程度に何発も撃ち込んでいましたけど」

「何発って……。それで、なんでシスターになったんだ?」

EX-BRAVE WANTS A QUIET LIFE

「ノエルさんと一緒ですよ」

「俺と？」

「はい、私も勇者パーティーの一員だったんですよ」

えっ!?　俺の他にも勇者に選ばれた奴がいたのかっ!?

「大陸ごとに勇者がいるんですよ。私は王様に頼まれて加わったんですが、その勇者が性格的に歪んでいて魔王討伐《とうばつ》そっちのけでハーレムを作る、とか言って勇者以外のメンバーは、みんな女性で私も口説《くど》かれたりしました。何度蜂《はち》の巣にしてやろうかと思いましたよ」

……まぁ、クズだな。

「最終的に勇者から一方的に追放されたのです。武器や防具は没収されて、体一つで追い出されて教会に駆け込んで、そのままシスターになったんです。兵士時代は、常に戦っていましたから荒れていましたね。でもシスターになってからは、心に余裕が出来たおかげで笑えるようになりました。でも一応護身用に銃だけは身につけているんですよ」


「やっぱりそうだったか……」

その後、シンシアの話をサラに話したら、そう言った。

「昔、魔王軍のブラックリストで見た覚えがあるんだ。あの頃とかなり雰囲気《ふんいき》が違っていたから気づかなかったわけだ」

「そんなに強かったのか？」

「私も直接戦った訳ではないが、噂《うわさ》によれば跡形もなく撃ち殺していたらしい」

マジか……。

「しかし、追い出されたという情報が入ったので、私も参加してその勇者パーティーを襲った。結果として数秒で全滅した」

シンシアの抜けた穴はでかかったんだなぁ。

「で、その勇者達はどうなったんだ？」

「投獄《とうごく》されて拷問《ごうもん》を受けそのまま死んだ」

そりゃあそうなるだろうなぁ……。

第67話 元勇者、帝国の現状を知る

シンシアがいた帝国がどうなっているのか、丁度《ちょうど》村に来たシュバルツに聞いてみた。

「別の大陸のことだから直接見聞きしたわけじゃないがかなり衰退している、と聞いていますね」

やっぱり芳《かんば》しくはないみたいだ。

「うちよりも歴史はあって古い国なんですが、今、内政も外交も上手《うま》くいってないみたいですね」

「何で上手くいってないんだ？　結構大きな国なんだろ？　帝国とつくからには」

「長年の魔王との戦いにお金をかけ過ぎたみたいですね。税金もその分高くて庶民《しょみん》は常に苦しい生活をしているそうです。ただ、貴族達は贅沢三昧《ぜいたくざんまい》な生活をしているみたいです」

「レバニアみたいにクーデターが起きそうだな」

「時間の問題みたいですよ。不満は溜まっているみたいですし、魔王討伐にも失敗、だけど王族は反省してないみたいですね」

EX-BRAVE WANTS A QUIET LIFE

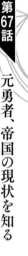

「っていうか、結構内情に詳しいじゃないか」

「あぁ、実は帝国の王子がシュヴィアに留学に来ているんですよ。実家から手紙が来て、その内容が内容だけに、愚痴《ぐち》るんですよ。『帰りたくねぇ……』って」

帰りたくないってどれだけ悪くなっているんだ？

「あぁ、父上からの伝言で、開拓団のメンバーが大体決まったそうです。近日中に派遣するそうです」

「そりゃありがたい。確かクリスタも参加するらしいな」

「ええ、メンバーも腕には自信ありの実力者揃《ぞろ》いですよ。ちょっと訳ありなんですが」

「わけあり？」

「全員が元いた組織とかグループから追放された面々なんです」

……この村に来る奴等《やつら》はそんなのが多くないか？

幕間19　類は友を呼ぶ

シュヴィア城にあるシュバルツの部屋。

「ハノイ領の開拓団のメンバーはこれで揃ったな」

「ええ、後はレバニアからも応援が来るそうですから」

シュバルツと部下は、ハノイ領に派遣する開拓団のメンバーに関する書類を見ていた。

「しかし、まぁ揃いも揃って似たような境遇のメンバーが集まったな」

「確かに、しかも原因が嫉妬《しっと》とかの個人的な感情ですよね」

今回、開拓に参加するメンバーは、錬金術師だったり魔法学院の首席だったりトップクラスの冒険者パーティーのメンバーだったりする。

しかし、全員がなんらかの原因で追放されたり、退学させられたりと不遇な境遇である。

その原因が嫉妬だったり、実力が評価されなかったり、と理不尽だった。

「たとえエリートであろうが、結局はその時の感情で、冷静な判断が出来なくなるものだよな」

「確かにそうですね。だからこそ感情をコントロール出来ないとダメですよね」

一時の感情が、実はその後に凄《すご》く影響する。

シュバルツは、それを身内で経験している。

「そういえば、レナンド様、お元気でやっているみたいですよ」

「そうか、まぁ元々性格が良かったから元に戻ったみたいだな」

「あの時は大変でしたね。まさか、国王の誕生パーティーの席でアンジェ嬢に婚約破棄《はき》を宣言するとは思わなくて、我々も後始末に大変でしたからね」

「……あの時は本当に縁を切ってしまいたい、と思ったよ」

シュバルツには兄が二人いるのだが、長男で王太子だったレナンド・シュヴィアが婚約者であるアンジェ・ミランドールに対して婚約破棄を突きつける騒動を起こしたのが数年前の話。

しかも、この日は国王の誕生日パーティーで、他の貴族や交友のある他国からの来賓《らいひん》の姿もあった。

因《ちな》みに婚約破棄の理由は『真実の愛を見つけた』という、簡単にいえば浮気である。

しかし、アンジェという少女は、女性ながら騎士団に所属するぐらいの腕の持ち主で、しかもプライドが高く怒らせると怖い、という性格。

レナンドは知っているはずなのだが、恋は盲目というのかやってしまったのだ。

シュバルツは当然、その場にいて兄を戒《いまし》めようとしたのだが、アンジェの行動の方が早かった。

きらびやかなドレスを着ているのに俊敏な動きでレナンドとの間合いを詰めて腹に一撃を決め、国王の許可を得てその場でレナンドを瀕死《ひんし》すれすれの状態にした。

しかも終始笑顔だったので余計にその場を凍りつかせた。

因みにレナンドの浮気相手である男爵令嬢はコソコソと逃げようとしたのだが、シュバルツが捕まえた。

結局、男爵令嬢とその家族は身分剝奪《はくだつ》の上、国外追放となり、レナンドは王太子の身分剝奪《はくだつ》と勘当《かんどう》を言い渡され辺境に追いやられた。

となると、自動的に王太子は次男であるローニー・シュヴィアになるのだが、ローニーはかなりの自由人で現在諸国漫遊の旅に出ている。

結局の話、王太子の地位は空席のままである。

「でも、シュバルツ様はアンジェ様と婚約出来たじゃないですか」

「まぁ、そうなんだが……」

何故かシュバルツはアンジェと婚約関係となっている。

アンジェ曰《いわ》く『元々はシュバルツ様の方が好きだった』とのこと。

ハッキリ言おう、シュバルツは苦労人である。

第68話　元勇者、開拓団に会う

ある日、シュヴィア城内の一室にて俺はハノイ領に来る開拓団の面々と会うことになった。

「ハノイ村村長兼領主のノエルです。今回は参加していただいてありがとうございます」

「いえ、こちらこそ、やりがいがありそうな仕事を下さってありがとうございます。お金がなくて困っていたんですよ」

錬金術師の女性、ジャレット・ハワーズが『本当にありがたい！』という様な顔でお辞儀《じぎ》をする。

「え～と、ジャレットさんは錬金術師ですよね」

「はい！　ポーションでもなんでも作りますよ！」

ジャレットは眼鏡《めがね》をかけ茶髪のショートカットで知性的だが元気な感じがする女性だ。

「ただ、調合に失敗することが多くて工房を爆発させてしまって遂に師匠《ししょう》の家から追い出されちゃいました……」

「まぁ、失敗は誰にでもありますから。次が魔法使いのラベンダさん、魔法学院では成績は優秀だったみたいですね」

「ええ、ですけど平民出身なのでなかなか評価をしてくれなくて……。教師に抗議しても取り合ってもらえなくて、逆に『生意気だから退学』って……、頭にきて校舎を半壊にしてやりました」

ラベンダ・グルースは長い髪を一つに纏《まと》めている。

彼女は、魔法の才能をスカウトされて魔法学院に入ったのだが、平民出身ということから馬鹿にされ続けたらしい。

それでも負けずに新しい魔法の発動方法や魔術式の研究をして論文にまとめたが評価されなかったそうだ。

アイナ曰《いわ》く『魔法学院は頭の固い奴ばっかり』らしくて自分の地位を脅《おびや》かす様な生徒がいたら早めに潰すらしい。

若い才能を潰してどうすんだよ、と思う。

他の面々も人間関係が上手くいかなかったり、正当な評価がされなかったりと似たような境遇の面々だった。

「俺も皆さんと同じ様な経験をしているので気持ちがわかります。だからこそ、この開拓で結果を出して追い出した面々に思い知らせてやりましょう！」

別に復讐《ふくしゅう》とかではなく、実力を見せつけてやればいい、までのことだ。

第69話　元勇者、開拓団を迎える

会談から後日、開拓団の面々がやって来た。

「今日からよろしく頼む」

「こちらこそよろしくお願いします」

開拓団のリーダーはクリスタだ。

「クリスタ、そういえば城のプレゼンはどうなった？」

「まぁ、けんもほろろ、師匠に滅多《めった》打《う》ちにされたのがほとんど、私の元職場もプライドを木っ端微塵《こ　ばみじん》に打ち砕《くだ》かれて閉鎖しちゃったわ。私にとっては再スタートをする為にはいい機会だったわ」

なんでも公《おおやけ》に『建物に必要なのは飾りではなく安全性である』と宣言したそうだ。

当たり前といえば当たり前なんだが、その当たり前を蔑《ないがし》ろにしていた結果が現状なのだから、この宣言は律する為には必要なことではないか、と思う。

結局、無名の若き建築士が選ばれた、という。

さて、開拓団の面々は早速作業に取りかかった。

クリスタはこの村に必要な施設の建設に取りかかった。

それは病院や宿屋、食堂等である。

何回か村に来た時に、頭の中で色々考えていたらしく、図面を持ってきて俺に説明した。

「町を作るのは建築士として最高の夢！　それが実現出来るこの環境は最高ですよ!!」

目をキラキラさせて喋《しゃべ》るクリスタは輝いて見える。

その気持ちはアムールも同じ様で、クリスタと色々相談している。

昔は仲間達と議論をしていたらしくて、二人ともいい顔をしている。

なんだか羨《うらや》ましくもある。

第70話　元勇者とアイナと魔法使い

「アイナさんは卒業生だったんですか？」

「魔法を使える者は殆《ほとん》どは通うわよ。でも、あの学校で覚える魔法より実戦で覚える方が多いから、あんまり役に立たなかったわ」

「そうですよねっ！　私も効率が悪いって文句言ったら無視されました……」

「文句言ったのっ⁉　あそこの教師はみんないいとこの出身でプライド高いから嫌な奴ばっかりでしょ？」

「はい！　入学当初から酷《ひど》い目に遭《あ》いましたよ……」

アイナとラベンダの二人、盛り上がっているな……。

近くの森の中を見たい、というラベンダの希望で森を散策しているところだが、同じ魔法使いだから、という理由でアイナにも同行してもらっている。

「んっ⁉　あ、あれって……」

「どうかしたか？」

「これ、図鑑でしか見たことない貴重な薬草ですよっ!?」

「そうでしょ？　私も最初はビックリしたわ」

そういえば、アイナを初めてこの森に連れてきた時、興奮していたな。

なんでもこの森にあるのは貴重な薬草で、売れば豪華な屋敷一軒は買えるぐらいだそうだ。

俺なんか小さい時に怪我《けが》した時はよく食べていたな。

下手《へた》したらおやつ代わりに食べていたかも……。

ラベンダが薬草摘《つ》みに夢中になっている時に、アイナにラベンダについて聞いてみた。

「アイナ、ラベンダは魔法使いとしてどうなんだ？」

「うん、あの娘ね、天才よ」

「天才？」

「そう、ラベンダが持っていた魔法に関する論文を読んだけど凄《すご》いわよ。『魔法詠唱《えいしょう》を省略化する魔方陣』とか『別の魔法を組み合わせて使える魔法の方法』とか常識を逸脱した考え方を持っているわ」

「でも、学校では評価されなかったんだろ？　教師達に見る目がなかったのか？」

「学校は優秀な生徒でも、教師の言うことを聞かないと評価されないのよ。私も似たような経験しているからわかるわ」

アイナも苦労していたみたいだ。

まぁ、そういうのをわかりあえる仲間がいるのはいいことだ。

第71話　元勇者、合う合わないの話を知る

子供達が来て数週間が経過。

最初はビクビクしていたが日が経つにつれて村の環境に慣れていった。

そんな中でもやはり、一番気になるのはルーシェだ。

「お兄さん！　見て見て、綺麗《きれい》なお花があったの」

「おぉ、本当に綺麗だな」

子供時代のステラにそっくりなルーシェは俺のことを『お兄さん』と呼んでくれる。

ステラは呼び捨てだったから、そこに微妙な違和感を覚えていたりする。

それはアイナも一緒だったみたいで……。

「ステラってたまに腹黒い笑顔を見せる時があったのよね」

「そうか？　小さい頃はあんな感じだったぞ、たまに人を馬鹿にした見下した様な顔をした時もあったけど……、なんで、あんな性格になってしまったのか……」

はぁ～、と溜め息が出る。

EX-BRAVE WANTS A QUIET LIFE

「地味な田舎《いなか》から派手な王都に来ちゃうと大体かぶれちゃうわよ、私もそうだったから」

「えっ⁉　アイナもかっ⁉」

「……その反応、ちょっと不愉快なんだけど」

そう言ってアイナは睨《にら》んだ。

「あっ、すまん……」

「まぁ別にいいけど、小さい頃は地味だったのよ。学校に通い始めてからよ、見た目にも気を遣うようになったのは」

「そういうもんなのか……」

俺なんか冒険者やっていた頃は貧乏暮らしで毎日ギルドに行って依頼をこなして、その日その日を生活していくのに大変だったな……。

当然、王都のきらびやかな部分など経験したことないし、正直レバニアの王都は好きじゃなかった。

それよりも村の雰囲気《ふんいき》の方が好きだな。

第72話　元勇者、錬金術師の才能に驚く

開拓団の皆にはそれぞれ家を用意してある。

一緒に住むより各自の分野で行動してもらった方がいいんじゃないか（？）、という俺の考えから、アムールに手伝ってもらい家を建てた。

といっても空き家をリフォームしただけなんだが。

その一角にある錬金術師のジャレットの家にやって来た。

「この土地のもので試しにポーションを作ってみました」

小瓶《こびん》には緑色の透き通った液体が入っている。

「見た感じは悪くなさそうだな」

「ただ、私の作ったポーションってあまり評判良くないんですよね……。兄弟子によく貶《けな》されていましたから……」

「まぁ、せっかく作ったんだ。とりあえずは『鑑定』してみよう。アイナ、鑑定出来るよな？」

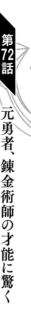

「ええ、出来るわよ」

『鑑定』は拾った武器やアイテムの効能を調べる便利スキルだ。

俺も一応持っているが、アイナの方が性能がいいので、此処《ここ》はアイナに任せることにした。

アイナはポーションをじっと見つめるが、その表情がみるみるうちに変わっていった。

「えっ!?　嘘でしょ!?」

「あの、まずかったでしょうか……」

ジャレットが恐る恐る聞いた。

「これ、『レアポーション』よっ！」

「えっ!?　レ、レアだってっ!?」

「う、嘘でしょ……」

ポーションにも色々あって、普段使っているのがノーマルだとしたら、その一番上級なのがレアだ。

作ったジャレット本人が信じられない、といった表情をしていた。

「ジャレット、貴女《あなた》がここに来る前のポーションってある？　あったら持ってきてっ！」

「あっ、はいっ！　わかりましたっ！」

ジャレットは棚《たな》から何本かの瓶を持ってきた。

アイナはそれをじっと見つめる。

「レアとはいかないけど、このポーションも上級品よ」

「ええっ!? 私、兄弟子にいつも捨てられていましたよっ!」

「ちゃんと鑑定してもらった?」

「『鑑定する価値もない』、『お前が作るポーションなんて豚の餌《えさ》にもなりゃしない』って言われていました……」

「だとしたら、その兄弟子、見る目がないか相当なクズよ。貴女は少なくともポーション作りに関しては一流の腕があるわ」

「ほ、本当ですかぁ……、私、初めて認めてもらいましたぁ……」

そう言って泣き出すジャレット。

聞けばジャレットは元々スカウトされて錬金術師になったが、先輩弟子達に相当いじめを受けていたらしい。

最初は自信があったのだが、頭ごなしに否定されてだんだんとネガティブになっていったそうだ。

それに、師匠《ししょう》から直接教わったことは数回しかなく殆《ほとん》ど兄弟子が見ていたらしい。

「ひょっとして、その兄弟子達、ジャレットの才能に気づいて芽が出る前に潰そう、と思ったんじゃないか?」

「あり得る話ね」

酷《ひど》い話だが、裏を返せばジャレットには錬金術師としての才能があるわけだ。
この村でその才能が開花すればいい、と思っている。
因みに例のレアポーションは材料さえあれば大量に作ることも可能らしい。

第73話　元勇者と料理人

開拓団には様々な職業のメンバーがいる。

その中の一人、料理人のクワイア・カマスロは、シュバルツの推薦《すいせん》で開拓団に参加した、という。

元々は王族専属料理人として頑張ってきたらしい。

努力のかいがあってシュバルツ専属の料理人になったが、世の中というのはそう簡単に上手《うま》くはいかない。

そこからスランプに陥《おちい》ったらしく、味が安定しなくなったらしい。

プレッシャーやらストレスで結構大変なことになったそうで、シュバルツも心配して一時的にお城を去ることと開拓団の話をして本人も参加することになった。

で、村にやって来てまずやったのは食材調査だったのだが……。

「これは素晴らしいですよ！　高級食材のキノコとか山菜ばっかりじゃないですか！」

「そ、そうなのか……？　普通によく取って食べていたんだが」

「はいっ！　なかなか手に入らない食材ばっかりですよ！」

それは肉も同じでサラが狩りによく行くのだが、野獣達はその森のドングリ等を食べているから、肉質が凄《すご》く良いらしい。

ということで、クワイアにとっては『宝の山』なんだそうだ。

「……この村って、もしかして凄《すご》く資源に恵まれているのか？」

「何を今更言っているんだ？」

サラが呆《あき》れて言った。

身近過ぎると気づかないことがあるんだな。

第74話　元勇者、レバニア国の現状を知る

「お久しぶりです、ノエル様」

「元気そうで何よりだ、サーニャ」

久しぶりに現在レバニアでガッシュ将軍の補佐役をしているサーニャがハノイ村にやって来た。

シュヴィア領になった、といっても特別な許可はいらずレバニア人も自由に往《ゆ》き来《き》出来るようにしてもらっている。

「改革の方は捗《はかど》っているのか？」

「国民の皆さんにも積極的に参加してもらっています。今までの身分制度に不満がやっぱりあったみたいで」

現在、レバニア国は新しい国作りをしている。

今までは旧王族や一部の貴族が自分達の利益になりそうなことばっかりをやっていて、庶民《しょみん》の声が届くことがなかった、という。

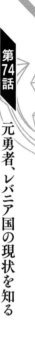

しかし、旧王族と一部の貴族達が処罰された事で、国民の声が通りやすくなった。

更に国民の声を集める為に『国民会議』を作ることになった。

要は平民だろうが貴族だろうが身分に関係なく、政治に意見出来る様にした。

その取りまとめをしているのがガッシュ将軍で、その補佐役をサーニャがしている。

「お父様、頭から湯気をあげながら仕事していますよ」

「あの人、武芸一筋みたいだからな。政治となるとまた違うだろうしな」

「私も不慣れですけど、なんとかお父様のサポートをしております」

「僕達も意見出来ればいいんだけど、無理だからね」

ミレットがすまなそうに言う。

「サーニャお姉様、後始末を押し付ける様なことをしてしまってすみません……、本来は私達が国を導かないといけないのに」

「ミレット様とキャミー様は悪くありませんよ、それにメイア様も陰ながら協力してもらっていますから」

「「お母さまが？」」

二人の驚きの声が揃《そろ》った。

「はい。ですからミレット様達は気にしなくていい、との伝言をいただいています」

そう言ってサーニャは笑った。

「そうか……、国民達は国を変えようと思っているんだろ？」

「ええ、国民達も今まで王族に任せていたのを反省しているみたいです。王族にはある程度の制限をつける様に動いています」

「制限というと？」

「法を成立させる為には国民の総意を汲《く》まないといけない、とかですね。独裁を許してはいけない、と」

　ちゃんと考えているみたいだな。

　一回は見に行った方が良いかもしれないな。

幕間20 会談

シュヴィア城、応接室。

「貴重な時間をいただいて申し訳ない……」

「いやいや、レバニア国に関しては我が国も気になっていたのだ、それにメイア様とも久しぶりにお会いしたかったのでな」

応接室にいるのはサリウス国王、ガッシュ将軍兼レバニア国代表代理、そしてメイアがいた。

「サリウス国王には色々ご迷惑をかけたので、いずれはご挨拶《あいさつ》をしたいと思っていたので丁度《ちょうど》ガッシュ代表代理がこちらに出向くと聞いたのでついてまいりました」

因《ちな》みにメイアに役職はない、これはメイアが『旧王族である自分がでしゃばるのはよくない』と言ったからである。

「それで、今回の用件とは？」

「我が国の今後の体制についてご意見をいただきたい。何せ、政治というものにあまり触れてこなかったので……」

「メイア様がいらっしゃるではないですか」

「いえいえ、私は息子と夫の暴走を止めることが出来ませんでした。そんな私が新しい国作りに対する発言権はございません。最低限のフォローをするだけでございます」

「メイア様は相変わらずですな、表舞台に出ることはなく、あくまで影に徹する……、王妃の鑑《かがみ》ですな、相談ならいくらでものりましょう」

「そう言ってくださるとありがたい。まずは、基本方針を纏《まと》めてみたので見ていただきたい」

そう言うとガッシュは一枚の紙を見せた。

そこには基本方針として、

・王族は権力を持たせず象徴として存在する。
・身分制度を見直し、将来的には貴族を廃止する。
・平民でも政治に意見を言える開かれた国会を目指す。
・身分関係なく誰でも勉学が出来る学校を作る。

「……ふむ、なかなか立派な方針ではありませんか」

「色々な者の意見を聞いて纏めてみた結果です」

「これが全て実現出来ればレバニアは素晴らしい国になるでしょう」

「今のところは只《ただ》の理想論でしかありませんが、急がずにじっくりとやっていくつもりです」

サリウスはガッシュの真剣な眼差《まなざ》しを見て、かつての自分を思い出していた。

若い頃は仲間達と理想の国作りや国のあり方について議論をした。

しかし、実際国王になってみるとやはり現実は違っていた。

様々なしがらみや意見等でなかなか上手《うま》くいかないこともあった。

理想と現実は違うことはわかっている。

だからこそガッシュ、そしてノエルを支えていきたい、そう思っていた。

「ガッシュ代表、メイア様、出来る限りの応援はさせていただきます」

サリウスとガッシュは固い握手を交わした。

第75話 元勇者、公園を作る

「子供達が安全に遊べる場所がほしいんです」

ある日、シンシアからこんな要望が出された。

言われてみれば子供の遊び場がないな……。

「わかった、早速作ることにするよ」

「よろしくお願いします」

「場所は教会の周辺がいいかな？　人も集まりやすいし」

「そうですね、目の届くぐらいのところがいいです」

シンシアからある程度の要望を聞いてクリスタやアムールに相談した。

「遊び場を作るとしたら遊具も必要よね」

「ブランコとか滑り台が必要だね。それから砂場も」

「俺も手伝うからなんでも言ってくれ」

流石《さすが》は建築士であっという間に図面を書き上げた。

EX-BRAVE WANTS A QUIET LIFE

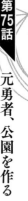

木材は伐採《ばっさい》して余った物を使い、鉄はジャレットに錬成してもらった。

大工達と一緒に作業を始めた。

「ノエルさん、手際《てぎわ》がいいですね」

「家の修繕《しゅうぜん》とかやっていたからな。これぐらいの作業は慣れているよ」

「そういえば、ギルドの屋根がぶっ壊れた時に修理していたよな」

手伝いに来てくれているガーザスが言った。

「ギルドって国の施設だから頼めば直してくれるんじゃないんですか？」

「普通はそうなんだが、レバニアは冒険者とかを軽視してる傾向があってな。なかなか費用を出してくれなかったんだ」

だから、自分達で直すしかないんだが、冒険者の大体は細かい作業が苦手だ。

俺はある程度の作業が出来るから、当時のギルド長に頼まれてボランティアでやっていた。

そんな話をしながら作業は順調に進み、数週間後には小さな公園が完成した。

わぁ～、という歓声が、子供達から上がり大喜びだ。

早速、滑り台やブランコで子供達が遊んでいる。

「ありがとうございます、早速対応してくれて」

シンシアからお礼を言われた。

「いや、村長として村民の希望を叶えることは当然だからな、それに子供には笑顔でいてほしいからな」

その笑顔が何よりの報酬《ほうしゅう》だ。

第76話　元勇者、温泉を掘る

開拓が始まって数か月が経過して、村もだいぶ広くなった。

「今日も疲れたなぁ……」

ガーザスが疲れた顔をして俺の家にやって来た。

開拓団の面々はそれぞれ家に住んでいるが、レバニアから応援に来てもらっている者たちもいて、彼らには元村長の家に住んでもらっている。

この家はミレット達が使っているのだが『自分達二人で住むには広すぎるので』という理由で使わせてもらっている。

「おつかれさん、ていうか本業の冒険者は大丈夫なのか？」

「なんとかやっているよ。婚約者が協力してくれているからな」

そういえばコイツ、婚約者がいたな。

「でも、婚約者は箱入り娘なんだろ？」

「俺もそう思っていたけど、意外と逞《たくま》しかったんだよ。小物作りとか服とかのデザインをやっていて、若干《じゃっかん》向こうの方が収入いいんだよ……」

　意外な才能だな。

「将来的にはこの村で暮らそう、と思っているから」

「そうか、それはありがたいよ。しかし、そろそろ疲れが見えてくる頃だな」

「そうだな、疲れをとるのに一番いいのは……」

　この時、俺達二人の意見は一致した。

「「温泉だな」」

　冒険者の時も、勇者の時も訪れた村には大衆浴場があり、使わせてもらっていた。

　やはり、人を呼び込むには温泉はかかせないだろう。

「というわけで、協力をしてもらいたいんだ、アクア」

「そりゃ勿論《もちろん》！　私もほしいと思っていたんだ」

　子供達と一緒に水遊びをしていたアクアに頼んだ。

「この土地は山の中にあるから、普通の土地よりも温泉が出やすい環境なの。水脈をちょっと弄《いじ》って大地の精霊に協力してもらえば指定された場所に出せるよ」

「精霊？　土地神仲間に協力してもらうんじゃなくて」

「コレぐらいだったら精霊でも出来るよ。……それに火の土地神は個人的に嫌だから。あの女に頭下げるのは私のプライドが許さない！」

そう言って、ちょっと嫌そうな顔をするアクア。

なんか、背後に真っ黒なオーラが浮かんでいるのは気のせいだろうか。

……女神の世界も色々あるんだな。

「場所は宿屋の近くがいいだろうな」

「旅の疲れを温泉で癒《いや》す、最高じゃないか！」

ガーザスが興奮する様に言った。

宿屋の近くの空き地に温泉を掘る機械を設置した。

因《ちな》みに機械はシュバルツに頼みレンタルした。

というわけで、早速採掘が始まった。

「大地の精霊よ、この地に恩恵となる聖なる湯を与えたまえ」

アクアが呪文を唱えた。

採掘が始まって数時間後にはあの独特な匂《にお》いがしてきた。

ゴゴゴという音がどんどん大きくなっている。

そして、勢いよくお湯が噴き上がった。

周りからは歓声が上がった。

第77話　元勇者、温泉に入る

温泉が出てから数日後。

「見事な露天風呂が出来たな」

露天風呂が完成した。

土魔法で土を削《けず》って整備して、岩をくっつけた。

で、俺は現在タオル一枚の姿になっている。

「俺が最初でいいのか？」

「この村の村長だからな、当然だろ？」

つか、俺だけ裸っていうのは恥ずかしいんだけどな……。

まぁ、言葉に甘えて早速足から入る。

「あつっ!!」

温泉だから熱いのは当たり前なんだが、やっぱり熱い。

それでも、徐々に体が熱さに馴染《なじ》んでいく。

EX-BRAVE WANTS A QUIET LIFE

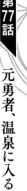

「おううぅぅぅ……」

「どうだ、気持ちいいか？」

「あぁ、凄《すご》く気持ちいいぞ。最初は熱いかもしれんが慣れれば問題ない」

「じゃあ、私達も入るか」

そう言うと、サラが服を脱ぎ出したので、慌ててキャミーが止めた。

「ちょっとサラさんっ！　脱衣所がありますからここで脱ぐのは待ってくださいっ！」

「そうか？」

真顔で言っているから、サラは本気だったみたいだな。

魔族と人間との微妙な価値観の差を感じた。

その後、バスタオルを巻いて入ってきて、一気に露天風呂は賑《にぎ》やかになった。

因みに浴場は一つしかなく混浴状態だが、後から男女分けるし、希望があれば各家に温泉を配給するつもりだ。

「はぁ～、気持ちいいですねぇ～」

「やっぱり風呂は最高だなっ！」

「みんなで入るのも悪くありませんね♪」

満足しているみたいで良かった。

後でわかったのだが、サラは魔王軍にいた頃は女扱いされていなかったらしい。

だから、恥じらいとかが薄いらしい。
個人の差だったみたいだ……。

第78話　元勇者、魔族の内情を知る

「アイナ、何やっているんだ？」

「カイヤとミサが光魔法を教えてほしい、と言うから教えてあげているのよ」

光魔法というのは、主に傷を癒《いや》したり、魔族に対して強力なダメージを与えたりする力だ。

魔族にとっては天敵の様な魔法を、魔族であるカイヤとミサは使えるらしい。

「二人とも、使える様になりたいのか？」

「せっかくもらえた力だから上手に使いこなしたいんです」

「私達、大きくなったら冒険者になって二人で旅をしたいの」

「魔王軍とかに入らないのか？」

「軍は魔王様に選ばれないと入れないの」

「それに、僕は魔王様はあまり好きじゃないから」

「へっ？　魔族って魔王が纏《まと》めているんじゃないのか？」

「私も二人と話して知ったんだけど、魔族が全員魔王を崇拝《すうはい》しているわけじゃないみたいよ」

EX-BRAVE WANTS A QUIET LIFE

そうだったのか……。

何か意外な真実だな。

その話をサラに聞いてみると、サラも実は魔王を崇拝しているわけじゃなかったみたいだ。

「魔王の評判は正直魔族内でも良くない。私だって正直避けたかったが魔王の命令は絶対だからな。半分諦めて従っていた」

「マジかよ……。魔王ってどういう奴なんだ？」

「女癖《おんなぐせ》が悪い、無理難題を要求してくる、すぐに怒る……」

出るわ出るわ悪口の数々……。

「オーケー、とりあえずクズだ、っていうことはわかった。つか、そんな奴がよく魔王なんてやっていたな」

「魔力だけは凄かったんだ。そこだけだよ、評価出来るのは」

言い切ったな、おいっ！

「あと、周囲がサポートしていたんだ。末期ともなるとそのサポートしていた面々を追い出して、周りにイエスマンばっかりをつけていた」

「正に独裁者だな。人族の王の中にもそういう奴はいるが」

「だから、魔王が倒されたと聞いて内心喜んでいる魔族もいると思う。魔族が全員、人間に対して敵意を持っているとは思わないでほしい」

魔族も一枚岩ではない、ということか。

第79話 元勇者、魔族の現状を知る

「そういえば、魔王がいなくなったら魔族は誰が統率《とうそつ》するんだ？」

「魔王には確か子供がいたはずだ。そのいずれかが新たな魔王になるはずだ」

「ってことは人間との戦いはまだ続くのか……」

「いや、そうでもないぞ」

「？　どういう意味だ？」

「新たな魔王が和平を望むなら我々は魔王に従うのみだ。個人の意志はどうあれ魔王の意志は魔族の意志だ」

「つまりは魔王の子供の中に争いを好まない奴がいて、そいつが魔王になったら和平もある、ということか」

「まぁ、魔王の血を引いている子供達は数百人はいるからな」

……ちょっと待て。

「魔王の子供って、数百人もいるのかっ!?」

「さっきも言ったはずだ。魔王は女好きだ、と。妻だけでも私が知る限り数十人はいるはずだ」

いやいやいやいやっ⁉

女好きにもほどがあるだろっ⁉

ハーレムを目指していたのかっ⁉

魔王倒して正解だったわ。

今の話聞いていたら確実にオーバーキルしていたわ。

こっちは恋愛すら出来ずに勇者として旅していたんだからな。

「まぁ、誰が魔王になったとしても、私には関係のない話だ。戻るつもりはないからな」

「俺もサラとは戦いたくないし、もう戦いなんてまっぴらゴメンだ」

こんな話をした後日、シュバルツがある話を持ってやって来た。

新たな魔王が現れたらしくてサリウス国王に面会したい、と言っているらしい。

それで、俺にも同行してほしい、ということだ。

まだ、時も経ってないのにもう現れたのか。

しかし、サラの話を聞いて、俺の中の魔族のイメージに変化はある。

なので、俺はシュバルツの頼みを受けることにした。

どんな奴なのか見定めさせてもらおう。

第80話　元勇者、新たな魔王と会う

翌日、シュヴィア城は異様な雰囲気《ふんいき》を醸《かも》し出していた。

張りつめた空気が漂っている。

何せ敵対関係の魔王がやって来るんだから当然のことだ。

俺とサリウス王、シュバルツは既に応接室にいた。

念の為にサラにも同行してもらった。

こういうのは最初が肝心《かんじん》だからな。

扉がガチャと開いた。

「国王様、魔王が来られました」

「うむ、入ってもらえ」

サリウス王の返事で兵士が「どうぞ」と声をかけた。

入ってきたのは、赤い長髪で目付きは鋭く、冷たいイメージがする少女だった。

「国王殿、今回は会談の機会を与えていただき感謝する。我が名はアリス・デモン・コーズワルト三世、父の後を継ぎ魔王となった」

「ようこそ、シュヴィア国へ。私が国王のサリウス、こちらは元勇者のノエル・ビーガーです」

「どうもはじめまして、ノエルと言います」

「おぉ、貴方《あなた》が勇者か」

そう言って俺と握手をしようとした瞬間、

「ぎゃふっ⁉」

アリスは着けていたマントの裾《すそ》を踏まれ盛大にすっ転んでしまった。

「も、申し訳ありませんっ！」

どうやら踏んだのはお付きのメイドみたいだ。

「ちょっとぉっ！　なんでいきなり踏むのよっ！」

「どうも長すぎたようで……」

「だから私、マントはいらない、って言ったよねっ⁉」

「少しでも威厳がある様に、という執事長様のご命令でして……」

「威厳なんていらないからっ！　こういうのは初めがかんじんなんだからぁっ！」

涙目で抗議するアリスにひたすら謝るメイド。

この光景に張りつめていた空気はかなり緩《ゆる》んだ。

っていうか、『この魔王なら仲良くやっていけるかも』と思った。

サラを見ると、目が見開いていた。

どうやら知っているみたいだ。

それから数分後に改めて会談が始まった。

「こほん……、今回この城に来た目的は、先代魔王、父上が人間にやってきた行為の謝罪、そしてこれからの魔族についてのことを説明する為だ」

「ほぅ、これから、というと？」

「我々は人間との争いを好んではいない。逆に人間とは平和的な関係を結びたいのだ」

どうやら、アリスは平和主義者みたいだ。

「父上のやり方は酷《ひど》すぎて、身内からも反発があった……。私も何度か説得をしたが聞き入れてもらうことは出来なかった。……だから、父上が倒されたのは当然のことだ、と理解している」

娘にここまで言われるとは、相当強引なやり方をしていたんだろうな。

「私が魔王となった今こそ、人間との新たな関係を作る良いチャンスだと思っている。水に流してくれとは言わないし、信用してもらえるとは思ってはいない。だが我々にチャンスを与えてほしい」

そう言って頭を下げるアリス。

しかし、勢い余って机にゴンッ！　と頭をぶつけてしまった。

「いったぁぁいっっっ!!」

額を押さえて顔を真っ赤にして涙ぐむアリス。

もう周りは笑いを堪《こら》えるのが必死だ。

「わ、わかりました。我々もこれからは魔族とか関係なく平和な関係を望んでおります」

サリウス王も笑いを堪えている。

「そ、そうかっ！」

額を押さえながら表情はパァァッと明るくなった。

「実際、此処《ここ》にいるノエル殿が治めている村には魔族も住んでおります」

えっ、此所で俺に話を振る？

「そうなのかっ！　ノエル殿、我が同族を受け入れてくれて感謝するっ！」

「いや、まぁ、俺も争いは懲り懲《こ》りだからな」

「ノエル殿、娘の立場でこういうのもなんだが、父上を倒してくれて感謝している。父上がいなくなり私が魔王となったことで、魔族も平穏に暮らすチャンスを得た」

アリスが俺に握手を求めてきたので握手した。

近くで見るとなかなか可愛《かわい》い美少女じゃないか。

「アリス様、お久しぶりです」

「んっ？　サラっ!?　サラじゃないっ!?　どうしてここにっ!?」

「アリス様……　お元気そうで何よりです！」

サラの顔を見た瞬間、アリスは驚き、メイドは喜びの表情を浮かべた。

どういう関係なんだ？

「私はアリス様の守護騎士をやっていたんだ」

なるほど、そういう関係だったのか。

サラとアリスはキャッキャッと再会を喜び合っていた。

第81話 元勇者、アリスとサラの関係を知る

サラが魔王軍にスカウトされ、一番初めになったのがアリスの守護騎士だった、という。

出会った頃のアリスは今みたいな性格ではなく、我《わ》が儘《まま》で冷酷《れいこく》だったらしい。

ただ、それも『魔王の娘』という肩書きからの表向きで、本当は優しく傷つくことを嫌い、人間との和睦《わぼく》を目指そう、としていたそうだ。

アリスの素顔を知ってからは、サラはアリスの味方となった。

このまま関係は続くかと思ったが、サラは魔王軍を追放され、アリスもほぼ監禁《かんきん》状態だったらしい。

アリスとはそれ以来の再会だという。

「サラ……、ずっと心配していたのだぞ」

涙目でサラを見るアリス。

その顔は年頃の少女の顔になっていた。

「サラ様がいなくなってから、アリス様は荒れておりました。前魔王に反旗を翻《ひるがえ》す寸前だったた

んですよ」

　メイドが物騒なことを言っているぞ……。

「そうでしたか……。しかし、魔王の後を継いだのがアリス様で良かった。これで無駄な血を流すことはないでしょう」

「勿論《もちろん》だ。我が国も長年の戦いで色々と困窮《こんきゅう》している。まずは人間国との友好関係を結び貿易を盛んにし、経済を立て直さないといけない」

　こうして、会談は無事に終了した。


　村に帰ってきた俺達は会談の内容をみんなに話した。

「魔族でも話がわかる人もいるんだね」

「俺もビックリしたよ。まぁ、アリスの性格だったら人間との和睦も上手《うま》くいくだろうな」

「アリス様は優しい性格だからな。しかし、ああ見えて、アリス様は怒らせたら怖いからな。ノエルも気をつけた方が良い」

「そんなに強いのか?」

「私が守護騎士になった理由が『アリス様をコントロールし、暴走しない様に監視せよ』ということだったからな。魔力だけでも前魔王様より強いぞ」

「マジかよ……」

「だからこそ新たな魔王になれたわけだ」

うん、気をつけるか。

その後も他の国とも和平交渉は続き、その際ドジっ子が発動し運よく空気が和《なご》み上手くいったそうだが、アリスは不満だったらしい。

『魔王らしい態度がとれなかった』と訪問後へこんでいたらしい。

あまり無理はしなくていいと俺は思うんだけどな。

因《ちな》みにだが密かにアリス人気が高まっていて、一部ではファンクラブが出来た、という。

第82話 魔王アリス、ハノイ村にやってくる

シュヴィア城での会談から数日後、アリスが村にやって来た。

魔族と人間がどの様に生活しているのかを視察にやって来たのだ。

「おぉっ、自然に囲まれて素晴らしい環境じゃないか!」

アリスは城の時とは違いカジュアルな服装をしていた。

「今日は動きやすい格好をしているんだな」

「普段はこの格好なのよ。あの服は公式の時しか着ない。それに、必ずコケるからあんまり着たくないの」

「なるほど。ていうか、城は留守でいいのか?」

「城じゃなくて屋敷で暮らしているの。魔王城はなくなったし」

……うん、そうだったな。俺が魔王を倒したと同時に城は崩壊したんだよな。

「何か……すまん」

「別に謝らなくてもいいのよ? 逆に感謝しているの。あの城は広すぎて何度か迷子になって、

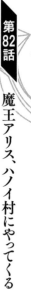

泣きながらさ迷っていたことがあるから……」

そう言って何処《どこ》か遠いところを見るアリス。

前魔王とアリス、色々合わないんだな。

「ていうか、今日は口調が違うな」

「こっちが素なのよ。私には偉そうな喋《しゃべ》り方は合わないみたい」

見た目十代の女の子なのでしっくりくる。

俺はアリスに村の中を案内した。

ほとんどがまだ建築中なのだが、それでも俺の説明をフンフンと頷《うなず》きながら聞いていた。

そして、孤児院にやって来た。

「あの子達が魔族の子供、カイヤとミサだ」

「他にも獣人やエルフもいるのね」

アリスは優しそうな目で子供達を見ていた。

「やっぱり、差別意識をなくすためには幼い頃からの環境や教育が必要ね」

「そうだな、まぁ聖王の努力の賜物《たまもの》だな」

「聖王か。私は聖国に立ち入ることは出来ないけど、一度会ってみたいものね」

と、

「呼んだ？」

「「ひゃあっ!?」」

いきなり後ろからヒョコッと顔を出したミラージュに、二人で驚きの声をあげた。アリスに至っては驚きのあまり尻餅《しりもち》をついたぐらいだ。

「急に出てくるなよっ!?　ていうか、いつ来たんだ!?」

「ついさっきよ。新たな魔王が来ているって聞いたから、それに」

「ミラ〜、お風呂なんていいよぉ〜」

「ダメよ、引きこもってばっかりで風呂に入らなくて一か月が過ぎているんだから」

後ろに縄で縛《しば》られている髪の毛ボサボサの小さい女の子がいた。

「ミラージュ、誰だ？」

「邪神メナルティ、前に言ったでしょ。引きこもりグータラやる気なしの」

その瞬間、空気が固まった。

幕間21　邪神メナルティ

ミラージュがハノイ村に来る数時間前。

聖国内にあるミラージュが住む神殿の、ある一室の前にミラージュがいた。

「メナー、入るわよ」

ミラージュが部屋の扉を開けると、部屋の中は薄暗くモゾモゾと何かが動いている気配を感じる。

ミラージュははぁ、と溜め息をつき照明をつける。

「うう、眩《まぶ》しい……」

布団にくるまり怠《だる》そうな顔をしながらミラージュを見ているのはこの部屋の主、邪神メナルティ。

「今日は月一の掃除《そうじ》の日よ。さっさと起きなさい」

「あの悪夢の日か……」

メナルティはゆっくりと起きてボーッとしながら歩く。

これが世界を崩壊に導く邪神の姿である、とは多分誰も信じられないだろう。

普段の彼女は部屋に引きこもり、様々な本を読み漁《あさ》っている。

それがなんの為になるかはわからないが、基本的には世界に影響を与えてはいないのでミラージュは静観をしている。

ただ、部屋の掃除は流石《さすが》にしなければいけないので月に一回は大々的にしている。

「さて、外に行くわよ」

「外？　なんで？」

「決まっているじゃない。お風呂に入る為よ」

その言葉を聞いた瞬間、メナルティは逃げようとしたがすぐにミラージュに捕まった。

これも日常の光景である。

「は、離せぇ、離してくれぇ……」

「一か月前でしょ、お風呂に入ったの。今日は温泉に行くわよ」

「温泉なんて入ったら消滅するぅ……」

「温泉に入って消滅する邪神なんて聞いたことないわよ」

メナルティの抵抗なんぞ何処《どこ》吹く風か、ミラージュはズルズルとメナルティを引きずりながら転移魔方陣に向かう。

周囲の人々も見慣れた光景だろうか、気にはしていない様子だった。

第83話　元勇者、邪神と会う

EX-BRAVE WANTS A QUIET LIFE

　ミラージュから、此所《ここ》に来るまでの経緯を聞いたのだが……、本当に邪神なのか？

　どう見たって、やる気なしの少女にしか見えない。

「信じられない、と思うけど本当よ。むしろ、これぐらいが丁度《ちょうど》いいのよ」

　さて、現在ミラージュはメナルティを温泉につからせている。

　メナルティは入るまでブツブツ言っていたのだが、ミラージュが『お風呂上がりのフルーツ牛乳を用意してある』って言ったら大人しく入っている。

「見事に手懐《てなず》けているなぁ……」

「何百年の付き合いだと思っているのよ。だからといって安全ではないのよ」

「どういう意味だ？」

「今の彼女は休止状態の活火山みたいなもので、魔力を溜め込んでいる状態。一度本気を出せば一瞬で世界は滅ぶわよ」

　あんなちっちゃい体に、そんなパワーが蓄《たくわ》えられているのか……。

「だから、今の状態がちょうどいいの。下手《へた》に動いたら何が起こるかわからないから。本人も特に世界の動向とか興味はないみたいだし」

と、メナルティが風呂から上がった。

「ミラ～、出たよ～」

「ちょっと待て。ちゃんと洗った？」

「……」

目が泳いでいる。

「ちゃんと洗う！」

「ふぁい……」

……なんていうか、姉妹みたいな関係だな、ありゃ。

「あの方が私達魔族の祖《そ》なの……」

「アリス、現実なんてそんなもんだ」

「私達が聞いていたのはこの世界を崩壊寸前までに追い込み、神々と死闘を演じ封印された、という話だったのだが……」

「その話も本当よ。本人も認めているし」

「ん、ほんと～。今はめんど～だから。ミラのお菓子食べられるだけでじゅーぶん」

そう言ってメナルティはゴシゴシと体を洗っている。

何か気持ちは分かるような気がする。
前魔王との戦いで俺も全力を出したからなぁ。
メナルティは今セカンドライフを満喫《まんきつ》中というところか。

第84話　元勇者、男同士で恋の話をする

「まさか、邪神まで来るとは……」

「俺も正直引いたわ。でも、それなりに楽しんでいるみたいだし、別に害はないだろ」

「そうですね、無理に寝た子を起こす様なことはしない方が良いでしょう」

村にやって来たシュバルツに先日の話をした。

「しかし、ノエル殿は持っていますね」

「何をだよ……。言っとくけど人徳なんてないぞ。あったら裏切られてないからな」

「まだ、気にしているんですね」

「そうだな……、正直暫《しばら》くは一人で過ごしたい」

「羨《うらや》ましいですよ。そういう風に自分の人生を選択出来るのが。王族は生まれた時から国を背負う運命ですからね」

シュバルツが、はぁ、と溜め息をついた。

「でも、それなりにメリットはあるだろ？　例えば婚約者がいる、とか。シュバルツにもいる

だったんです」

「言っていませんでしたね、私は三男なんですよ。兄が二人いて、今の婚約者は長男の婚約者

「へっ？　兄がいたのか？」

「元は兄上の婚約者ですけどね」

んだろ？　婚約者」

　そこで聞いたのが、その長男がやらかした婚約破棄《はき》騒動の顚末《てんまつ》。

　うん、会ったことはないがその長男、馬鹿だろ。

　自分の浮気を正当化出来るわけないだろ。

　まぁ、肉体的にも精神的にも罰は与えられたみたいだからいいか。

「しかし、複雑なんじゃないか？　兄の婚約者が自分の婚約者になるなんて」

「複雑は複雑ですけど、アンジェがそれでいいって言ってくれていますから、あっ、そうだ。

実は父上からノエル殿にコレを渡すように頼まれていたんです」

　そう言ってシュバルツは俺に封筒を渡した。

「なんだコレ？」

「王家主催の社交パーティーの招待状です」

「……は？」

「是非《ぜひ》出てほしい、と」

「社交パーティーって貴族が出るもんだろ？　俺は別に貴族じゃないし……」

「でも領主でもあるわけですから。貴族の間でもノエル殿のことは話題になっていますよ」

「話題？」

「ええ、やっぱり元勇者という肩書は魅力的に見えるようですよ」

そんなもんなのかなぁ……。

折角《せっかく》招待してくれるんだから行くだけ行ってみるか。

第85話 元勇者、社交界デビューする

シュヴィア城、大ホール。


女性はきらびやかなドレスに身を包み、男性はタキシードを着てエスコートをしている。

オーケストラが奏でる華やかな演奏をバックに、ダンスを踊るカップル達。

「……やっぱり場違いだよなぁ」

そんな空気をよそに俺は溜め息を吐きながらも、テーブルに置いてある料理を食べていた。

「しょうがないだろ、領主として他の領主達とコミュニケーションをとらなきゃいけないんだから」

「だからといってなんでこんな豪華なパーティーをするんだよ。これこそ貴族の見栄みたいなもんだろ」

「俺だって苦手なんだよ。酒場で騒ぎながら飯を食っている方が性《しょう》にあってる」

「だったら後で飲み直しするか」

「だな」

俺とガーザスは隅で小声で愚痴《ぐち》を言いあっていた。

現在、俺は招待を受けた社交パーティーに参加している。

ガーザスには付き添いとしてついてきてもらった。

元は貴族なわけだし、俺よりも経験はあるだろうと思っていたが甘かった。

警備はしたことあるが、パーティー自体はそんなに参加したことがない、と断言された。

因《ちな》みにサラやアクア達にも頼んだが何故か断られた。

最初は貴族に挨拶《あいさつ》をして回ってその時点で疲れた。

そんなわけで俺達は変に目立たない様にコソコソと食事をしているわけだ。

そんな俺達の前にシュバルツが婚約者らしき女性とやって来た。

「楽しんでは……いないみたいですね」

苦笑いしながらシュバルツは言う。

「まぁ、慣れてないからな。料理は美味《うま》いのが救いだよ」

「それだけでも満足してくれたら良かったですよ。あぁ、紹介します。婚約者のアンジェです」

赤髪を綺麗《きれい》に纏《まと》めてドレスを着ている女性が挨拶をした。

「はじめまして、アンジェ・ミランドールと申します。いつもシュバルツ様がお世話になって

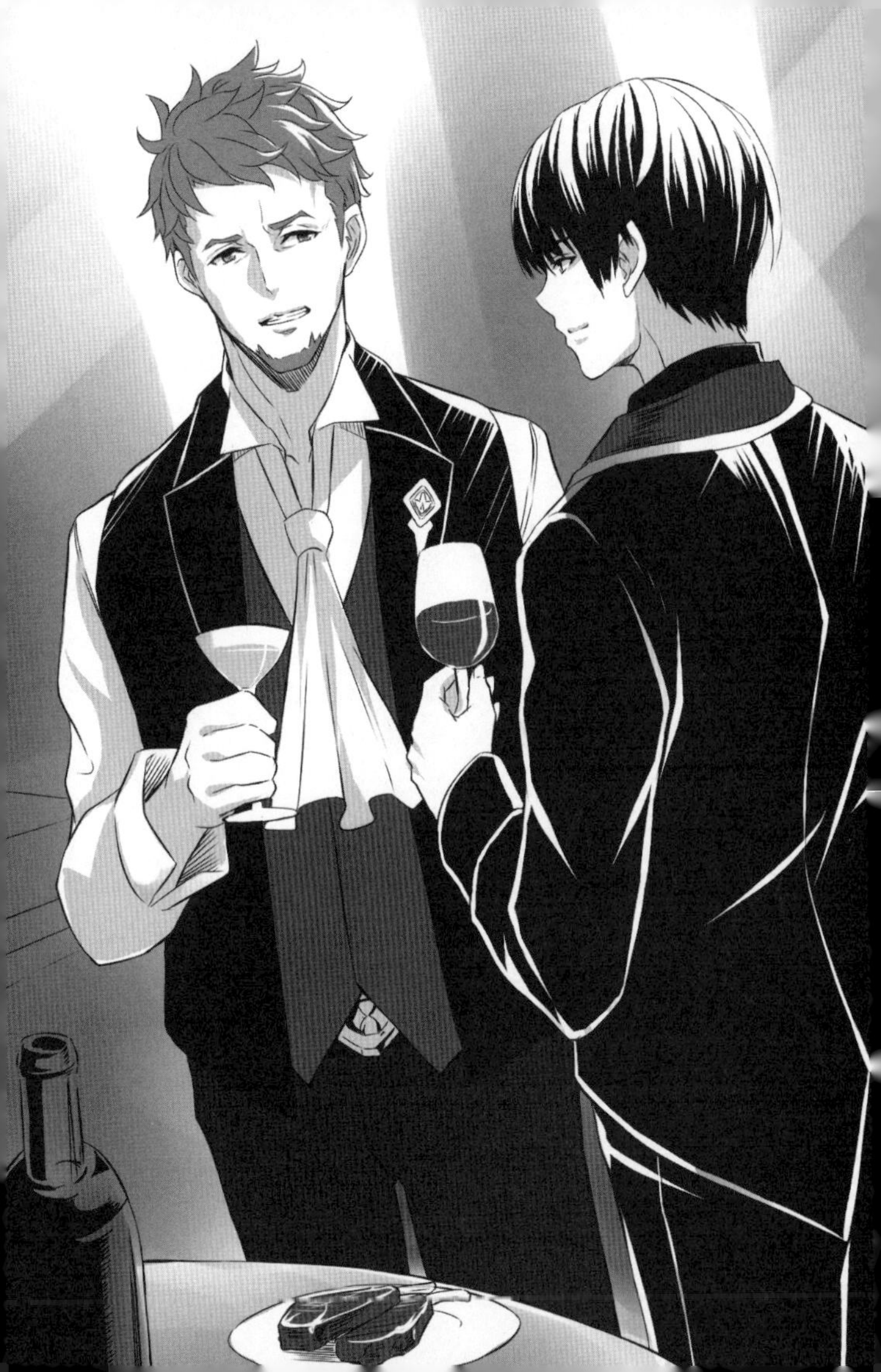

おります」

この少女が例の婚約者か。確かに騎士としての凜々《りり》しさが見えるな。

あと、体のラインが引き締まっていてやはり戦っているのがわかる。

「はじめまして、ノエル・ビーガーと申します。こちらこそシュバルツ様には色々お世話になっております」

「付き添いのガーザス・エドハルトです」

「お噂《うわさ》はシュバルツ様から聞いておりますわ。今後ともよろしくお願いいたします」

「こちらこそよろしくお願いします」

なかなか感じの良い少女じゃないか。だが貴族だからな、本音と建前《たてまえ》を使い分けているかもしれない。

勇者時代に他の国に行った時に、城で国王や王族や貴族に会う機会があったが、口では労《ねぎら》いの言葉をかけてるように見せて目は見下しているんだよな。

そんなのを見慣れているから正直、貴族とかは信用してない。シュバルツ達は別だけどな。

「はぁ、疲れた……」

長かったパーティーが終わり、漸《ようや》く解放され俺とガーザスは酒場にやって来た。

因みに私服に着替えている。タキシードはシュバルツがしまってくれた。

「やっぱりこういう場所の方が居心地がいいよなぁ、ずっと笑顔で表情が固まるかと思ったよ」

「だよなぁ、やっぱり住む世界が違うよ、俺達とは」

「俺達ってお前は貴族だろ？」

「俺は貴族でも底辺の方だから。ああいうのに参加するのは上流なんだよ」

貴族の世界も複雑なんだな。

「でもトラブルが起きなくて良かった」

「トラブルとかあるのか？」

「ある意味、戦場と一緒だからな。ちょっとしたきっかけで摑《つか》み合いのケンカになることだってあるぞ」

「ドロドロしているんだな……」

「貴族の世界が一番ドロドロしているよ。そういう現場を俺は幼い頃から見ていたから嫌になって冒険者になったんだ」

そうだったのか、それは初耳だ。

俺達がそんな話をしている時にいきなり声をかけられた。

「あの……、ノエル・ビーガー様でしょうか？」

「え？　そうだけど」

「いきなり声をかけて申し訳ありません。私、隣の領を治めているメドウィン伯爵の娘のメラン・メドウィンと申します。先程はあまり話せなかったので……、失礼ですが後をつけさせてもらいました」

この伯爵令嬢との出会いによって、後日メドウィン領に関する騒動に巻き込まれることとなる。

第86話　元勇者、頼まれる２

「後をつけてきた、って俺に何か用でも？」

「はい。実は……、我が領に力を貸していただきたいのです」

「？　どういうことだ？」

「我が領は今消滅の危機に瀕《ひん》しているんです……」

　メランの話によると、今メドウィン領は莫大《ばくだい》な借金を背負っていて、領地没収の危機に陥《おちい》っている、という。

「きっかけは数年前、我が領に、ある男がやって来て、お父様に投資や融資の話を持ちかけてきたのです」

「いかにも怪しそうな話だな」

「はい、私がいたら止めていたんですが、当時は学生で学校の寮に住んでおりました。お父様はその男の話にのってしまい……」

「大金を注ぎ込んだが、その話自体が嘘だった、と。つまり詐欺《さぎ》に引っ掛かった、ということか」

「いるんだよなぁ、貴族相手の詐欺師が。貴族は世間知らずが多いんだよ」

「でも、それだけではないんです。何故かその話が隣の領主であるセラウィン伯爵に伝わっていて『援助するかわりに、娘をうちの息子と結婚させろ』という話が来たんです」

その話を聞いて、んっ？　と思った。

こういう話は基本的には恥ずかしい話だし公《おおやけ》には出来ない。

勿論《もちろん》、噂話として広まることもあるが、それにしてはタイミングが良すぎる。

「もしかして、その詐欺師とセラウィンとかいう奴がグルなんじゃないか？　メランの領地を狙っているか、メラン自身を狙ったのか」

「多分、私だと思います。うちの領地には特に特産物はありませんが、自然が豊かな方だと思います。それに……」

「心当たりがあるんだな」

「以前、伯爵の息子との見合い話があったのですが、断ったんです。性格的にタイプではなかったので……」

「多分、それを根にもってやった可能性が高いな」

「俺もそう思う。あくどい奴がいるから貴族のイメージが悪くなるんだよ」

「それでノエル様が王族とも繋《つな》がりがある、という話を聞きまして……」

　つまり俺を通じて国に訴えてほしい、ということか。

「話はわかった。とりあえず、明日現地を訪ねさせてもらえないか？　父親に会って話を聞いてから対策を考えさせてもらうよ」

「ありがとうございます。お父様はショックを受けて体調を崩して寝込んでおりますが、多分問題はないと思います」

第87話　元勇者、メドウィン領に行く

翌日、早速メドウィン領にやって来た。

「来ていただいてありがとうございます。何もありませんが、どうぞ」

屋敷内をメランが案内してくれる。

「屋敷の広さにしては使用人とかはいないんだな」

「給金が払えなくなってしまって……。みんなにはお暇《ひま》を出しています、今は必要最低限の人しかいません」

よくみたら壁とかは汚れがあるし、蜘蛛《くも》の巣もある。

窓から見える中庭も雑草が生えていて手入れもされていない。

「穴が空いているので気をつけて下さい」

「修理も出来ないのか」

「ええ、お金も人もいないので……」

メランは申し訳なさそうに言う。

EX-BRAVE WANTS A QUIET LIFE

「こちらがお父様の部屋です。お父様、ノエル様が来られました」

メランがコンコンとドアをノックすると弱弱しい声が聞こえた。

「そうか、入ってもらいなさい」

部屋に入るとベッドに寝ている白髪混じりの男性がいた。

頬《ほお》は痩《こ》けて、げっそりとしている。

「よくぞ来て下さいました。私ビラン・メドウィンと申します」

「ノエル・ビーガーです。事情はメラン嬢からお聞きしました」

「えぇ、私もまさかこんなことになるとは思っていませんでした……。人を見る目には自信があったのですが……」

相当ショックが大きかったらしい。

「それでセラウィン伯爵という人物が怪しい、という話も聞きましたが」

「……私はそう思っている。あの男は昔から強欲で領民のことなど考えていない。多分狙いはこの領地とメランだろうが……、残念ながら証拠がない」

そう言って悔《くや》しそうな顔をするビラン伯爵。

腹が立つ話だ。

「っていうことはほかにも悪事を働いている可能性が高いな。訴えても証拠がないとなると難しいな。しかし、なんで今まで放っておかれていたんだ？」

「色々と繋《つな》がりがあるみたいで……、権力を使って口止めをしているみたいです」

「なるほどな……」

ソイツらは潰しておいた方がいいな。うちにも被害をもたらすかもしれない。

と、ガチャと扉が開いた。

「メラン様、いらっしゃいますか？　って、あら？　ノエル様」

「アンジェ様？」

入ってきたのはアンジェだった。

第88話　元勇者、アンジェとミランの関係を知る

「なんでアンジェ嬢がこちらに？」

「私とメラン様とは学友ですのよ」

はぁ、そういう関係だったのか。

「ノエル様はどうしてこちらに？」

「メラン様から相談事をされたんだ」

「相談事？」

この様子だとアンジェは、どうやら知らないみたいだ。

「アンジェ嬢には言ってないのか？」

「ええ、言ってしまったら、アンジェ様にご迷惑をかけてしまうので……」

「メラン様、私が王族に嫁《とつ》ごうとも関係は変わりませんわ。遠慮《えんりょ》なく相談がありましたらのりますわよ」

どうやらアンジェに遠慮していたみたいだ。

EX-BRAVE WANTS A QUIET LIFE

しかし、状況が状況だから、言い方は悪いが利用出来る物は利用した方が良い。

メランはアンジェにも事情を話した。

「……そうでしたか。話はわかりましたわ。ノエル様、私も協力いたしますから、メドウィン領を救って下さいますようお願い致します」

「勿論《もちろん》、そのつもりだ。アンジェ嬢からシュバルツに言ってくれないか？　王族の許可が出たら遠慮なく出来ると思う」

「それは精神的な部分で、それとも肉体的な部分でしょうか？」

「両方だ」

「それは心躍りますわね♪」

多分、俺はこの時悪巧みを考えた黒い笑みを浮かべていた、と思う。

何故ならアンジェも黒い笑みを浮かべていたからだ。

話してわかったことがある。

アンジェはSだ。

シュバルツが苦労するのがわかった。

第89話 元勇者、情報を集める

メドウィン領から帰って翌日、シュバルツがやって来た。

「アンジェから話は聞きました。領地内のトラブルは本来なら騎士団が出なければいけないんですが……」

「頼まれたら嫌とは言えない質《たち》なんでな、それにセラウィンを今のうちに叩いておかないといずれ国を揺るがす様なことになる」

「そうだな、この村にもちょっかいを出してくるかもしれないからな」

「こういう輩《やから》は早めに潰しておいた方が良いよ」

サラやアクアにも話をしてセラウィン伯爵は敵認定となった。

早めに完膚《かんぷ》無《な》きまで叩き潰して置いた方が良いだろう。

「とりあえず、現在の領地の状況がこちらです」

テーブルの上に地図を広げた。

「今現在、領地を持っているのは大小合わせて数百人はいます。この一番広いのが我が王族が直接治めている領です」

「そんで、メドウィンの領地がこれでセラウィンの領地がこれか。確かに広いな」

「セラウィン伯爵からは良くない噂《うわさ》を聞きます。強引な力で跡取りがいない領地を我が物にしたり、高い税率で領民から金を巻き上げたり領民が領地から外に出るのを禁じたり……」

「そこまでわかっているならなんで今まで放置していたんだ？」

「魔王がいたからですよ。全世界が魔王討伐《とうばつ》に傾いていましたからね。漸《ようや》く我が国に目を傾け始めた矢先のこの話ですよ」

なるほど、大きな悪に隠れて好き勝手やっていたのか。

「色々と繋《つな》がりもある、と聞いたがセラウィン領は裕福なのか？」

「あそこは名門ですからね。実は我が王族にもセラウィンの関係者と繋がりがある人物もいるみたいです」

「もしかして最終的にはこの国を乗っ取るつもりなんじゃないか？」

「否定出来ないのが怖いですよ……」

マジでなんとかしなきゃいけないな。

腕を組んで俺は考えた、が何も浮かばない。

こういう時に悪知恵でもいいから働く奴がいたらなぁ……。

「ノエル、いる？」

「ん？　アイナか……、あぁっ!!」

アイナの顔を見た瞬間、俺はあることを思い出した。

「ど、どうしたのよ、急に大声を出して……」

「アイナ、お前の知恵を貸してくれないかっ!?」

「わ、私の？　なんの話？」

「ノエル殿、何故アイナ様なんですか？」

「アイナはパーティーの参謀《さんぼう》役だったんだ」

作戦を練《ね》る時にアイナ主導で会議をしていて、それが上手《うま》くいったことが何回もある。

アイナに事情を話した。

「パーティー組んでいた時もそうだったけど……、こういうのに巻き込まれるところは変わらないわね」

「しょうがないだろ、それが俺の性分なんだから」

呆《あき》れた様に言うアイナ。

そこは否定出来ないな。

「そんな悪い奴は放ってはおけないし協力はするわよ」

アイナにも協力してもらうことにした。

第90話　元勇者、企む

「つまりはその悪徳貴族をコテンパンにやっつければいいんでしょ？　それだったらやる方法は一つしかないわね」

「一つ、って？」

「同じ目、いやそれ以上の被害を与えればいいのよ」

「それはつまり、セラウィン伯爵を詐欺に遭《あ》わせる、ということですか？」

「そういうこと。相手が悪党だったら遠慮はいらないわ」

しかし、騙《だま》すにしてもどうやって騙せばいいんだ？

そもそも人を騙したことなんてないし、相手だってそう簡単に騙されないはずだぞ。

「詐欺の基本は最初に得をさせて、大損をさせる。『騙されない』っていう変な自信を持っている奴こそ騙されやすいのよ。若《も》しくは騙されていることに気づいてないのよ」

「しかし、騙されたことに気づいたらどうするんですか？　向こうが訴えてくる可能性もありますよ」

「大丈夫よ、セラウィンっていう奴は多分見栄っ張りだと思うわ。自分の失敗を他人には見せないと思う」

「なるほど……」

後はどうやって騙すべきか、だ。

「それだったらアリスに協力してもらえれば良いんじゃないかしら？」

「アリスに？　なんでだ？」

「これからは魔族と平和な関係を築いていくんでしょ。それを逆手にとるのよ。セラウィン伯爵に魔族に関する上手い話を持っていくのよ。一般人は魔族に関する知識はあまりないから乗りやすいと思うわよ」

なるほど！

「しかしアイナ、お前詐欺の手口をよく知っているな」

「……私も以前、騙されたのよ。魔法使いになりたてぐらいに旅の道具屋に『この杖《つえ》はどんな攻撃を受けても壊れません』って言われて信じて買って使ったら一回でボキッて折れて……、魔法使いにとって杖は大事な物なのに……、あの親父《おやじ》、絶対に許さん……」

当時を思い出したのか、アイナの背後にメラメラと炎が出ている様に見えるのは、気のせいにしたい。

第91話

元勇者、企む2

「……というわけだ」

俺はアリスに今回の件の話をした。

「魔族には関係ないかもしれないが、協力してもらいたいんだ」

「別に協力するのは構わないわよ。しかし、人間にも悪人っているのね」

「人間にも色々いるから、って魔族もそうだよな」

勇者時代もそうだがやめてから色んな人々を見てきて、魔族よりも人間の方が質《たち》が悪い様に思えてきた。

「協力するにしても、私は何をすれば良いの？」

「簡単にいえば魔族領にある何か特殊な植物とかないだろうか？」

「あるわよ。『寄生花』っていうんだけど。それは、魔族領にしかない花なのよ」

そう言ってアリスは写真を見せた。

見た目は綺麗《きれい》だがなんか毒々しい感じがする。

「それ、聞いたことあるわ。確か、土地の養分をすいとるだけじゃなくて、その土地の食物や植物を枯らしてしまう花でしょ」

　アイナが写真を見て言った。

「見た目は綺麗なんだけどね。そいつらにはピッタリな花じゃないかしら」

　確かにピッタリだ。

「じゃあ、その話を伯爵と協力関係にある商人に買わせて、伯爵に売りつければいいんじゃないかしら？」

「それでいこう！」

　こうして計画は始まった。

　まず、セラウィン伯爵と協力関係にある商人を調べる為に、伯爵の家を見張ることにした。

　数日見張っていると、ある商人が頻繁《ひんぱん》に出入りしていることがわかった。

「んっ⁉　あの男……」

「アイナ、どうした？」

「どこかで見たことあるような……、あぁっ‼」

「大声出すなよ、どうした？」

「あの野郎……、此処《ここ》であったが百年目っ‼」

「ちょっ⁉」

突然アイナは般若《はんにゃ》の形相《ぎょうそう》で飛び出していった。

「ちょっとあんたっ！」

「はぁ？　誰だ？」

「昔、あんたに安物の魔法の杖を買わされた者よっ！　よくもあんな安物を買わせてくれたわねっ!!」

ええっ⁉　この男だったのかっ⁉

「はぁ？　何かの間違いじゃないのか？」

「へぇ、シラを切るつもり？　私はその杖を未だに保管してるし、ちゃんとあんたから買った証文も残してあるんだけど？」

アイナがそう言うと、その男は逃げ出そうとした。

「逃がすかっ！『バインド』!!」

「ぎゃあぁっ!!」

男は拘束《こうそく》されすっころんだ。

「さぁ、洗いざらい吐いてもらうわよ、昔のことも今のことも」

「わ、わかった！　話すから助けてくれっ!!」

その後、尋問《じんもん》したらすぐに吐いた。

安物の杖もどうやらセラウィン伯爵が関与していたことが発覚し、アイナの怒りが爆発。

普段、クールな人物を怒らせたら大変なことになるんだなぁ……。

第92話　元勇者、計画を実行する

「……」（背後からどす黒いオーラを出している）

「……」（ガタガタ震えている）

今、凄《すご》い緊張感が場の空気を覆《おお》っている。

現在の状況。正座している悪徳商人、その前には仁王立《におうだ》ちして腕を組んでいるアイナ。

後ろにはゴゴゴゴ……、という音が聞こえてきそうだ。

「アイナがあれだけ怒っているなんて珍しいな」

サラも流石《さすが》に引いている。

「俺と旅をしている時も、あんなに感情を見せることはなかったな」

クールでプライドが高いアイナは、騙されたことが相当許せなかったんだろう。

「……さて、何か申し開きはあるかしら？」

「いや、その……、申し訳ございません。まさか、勇者パーティーの方とは思わなくて……」

「貴方《あなた》は人を見た目で判断するのかしら？　真の商売人だったら見た目でないところで判断す

るんじゃないかしら？」

「返す言葉もございません……。しかし、言い訳をさせてもらいますと、全てはセラウィン伯爵の指示でして……、『冒険者なんてどうせ安物と高価な物の違いとかわからないだろう』と……」

「それは俺達さえも馬鹿にしている、ってことだよな」

「ひぃっ!?　わ、私はそんなことは一回も思ったことはございませんっ！」

俺も馬鹿にされた様な気がして何かムカついた。

「俺達に協力してもらえれば、少しは罪が軽くなるはずだ。協力するよな？」

「も、勿論《もちろん》です！　私は何をすればいいんでしょうか？」

「簡単な話だ。この種をセラウィン伯爵に売ってほしい」

俺はアリスから貰《もら》った寄生花の種を渡した。

「この種は魔界に咲いている花の種だ。これからは魔族を相手にすることがあるだろうし、まあ適当にセラウィン伯爵に売りつけてほしい」

「わ、わかりました。それで、あの私は……」

「勿論、ことが終わったら憲兵に差し出す。今まで散々悪事をしてきたんだ。ちゃんと償《つぐな》え」

「言っておくけど逃げようと思わないでよ。常に監視しているから」

そう言うと、商人はガックリと肩を落とした。

その後、商人はセラウィン伯爵に種を無事に売りつけたらしい。
さて、どうなるのか……。

第93話　元勇者、ほくそ笑む

セラウィン伯爵に寄生花の種を売って数日後、影響はすぐに出始めた。

寄生花は綺麗《きれい》な花を咲かしたが、その代わり周りの穀物《こくもつ》や花、果実が枯れ始めたのだ。

たまにこっそりと偵察に行ってみれば土地はどんどんと荒れ果てていった。

因《ちな》みに他の土地に影響が出ないように周辺には防御策はとってある。

アリス曰《いわ》く、寄生花の影響を防止する為には、これも魔界にしかない特殊な肥料《ひりょう》を撒《ま》くと他の土地には影響が出ないらしい。

セラウィン邸では怒鳴りあう声が毎日の様にしているそうだ。

更にセラウィンは自分の友人や関係者にも寄生花の種をあげたそうだ。

勿論、結果はわかっているだろう。

財界やら貴族やらから損害賠償《ばいしょう》を請求されて、セラウィン家は一気に傾いている。

そして、遂《つい》に国に泣きついてきた。

「わが領地で今大変な事態が起こっております！　どうか、援助をしていただけないでしょうかっ？」

実はシュバルツはこれを待っていた。

「援助をする前に貴方に色々聞きたい事がある。セラウィン伯爵、貴方には不正を行った疑惑がある。その問題を解決してから援助の話をしましょう」

シュバルツがそう言うと、セラウィン伯爵は顔面蒼白になったらしい。

因みに証拠だが商人が持っていた。

裏切られた場合の為に色々持っていたそうだ。

セラウィンも泣く泣く今までやってきたことを認めたらしい。

結果としては、セラウィン家は親子共々逮捕され、領地没収、身分剝奪《はくだつ》、奴隷《どれい》堕《お》ちが決定した。

これから過酷《かこく》な人生が待っているだろうが誰も同情はしない。

自業自得《じごうじとく》である。

「私、一発ぶん殴《なぐ》ってやりたかったですわ」

「手を出したらアウトだろ。まぁ、わずか一か月で一気に転落していったな」

「いい気味よ。私も長年の恨みが晴れてスッキリしたわ」

アンジェは残念そうに、アイナはスッキリした笑顔で言い放った。

全てが終わった後、俺達はメドウィン家に来ていた。

メランがどうしてもお礼が言いたい、と言うのでやって来た。

因みに商人は国外追放処分を受けた。

「皆様、ありがとうございます。こうも早く解決するとは思っていませんでした」

「伯爵も早く体調がよくなればいいな」

「それなんですが、実はお父様は隠居《いんきょ》することになりました。それで私が新しい領主をすることに……」

「まぁ、メラン様が!?」

「ですが、私はお父様の手伝いをしていましたが、領地を開拓するにも知識がございません。ノエル様、是非《ぜひ》ノエル様と協力関係を結ばせていただけないでしょうか？」

「つまり、俺の領とメランの領を同時に開拓していこうってことか。別に構わないぞ」

「ありがとうございます」

こうして、俺とメドウィン家は協力関係を結ぶことになった。

第94話 元勇者、レバニア国王都へ行く

レバニア国、王都。

俺はレバニア国に来ていた。

あの報告会以来だ。

今回やってきたのはガーザスから誘いを受けたからだ。

実は何度も誘いを受けていたんだが、色々あってなかなか時間が出来なかった。

「おぅ、やって来たか」

ガーザスが街の中心地にある公園で待っていてくれた。

「久しぶりに来たが、そんなに変わってないから安心したよ」

「実は結構変わったんだよ。この公園の噴水にはカインの銅像が建っていたんだ。クーデター後に潰されて今は跡形もないけどな」

「……なんでそんな物を？」

「英雄として後世まで語り継がれる様に作ったんだろう。まぁ、別の意味で歴史に残るだろう

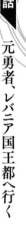

な」

　街中の人々は結構普通に暮らしているし、さほど変化はなかったので安心した。

　俺はガーザスに連れられガーザスの自宅にやって来た。

「本当に貴族だったんだな……」

「信じてなかったのかよ!?　まぁ、今はもう貴族じゃないけどな。おーい、ノエルを連れてきたぞ～」

　ガーザスと共に玄関に入ると、奥から女性が出てきた。

「ようこそいらっしゃいました。私ガーザス様の妻のミレシア・エドハルトと申します」

　現れたのは気品のいいお嬢様、という感じの女性だった。

『美女と野獣』とはこういうことをいうのだろうか。

　ガーザスは野獣といってもイケメンの方に入るが。

　流石《さすが》に口には出さないけどな。

第95話 元勇者、引っ越しを手伝う

なぜ、ガーザスの家にやって来たか、といえばズバリ『引っ越しの手伝い』だ。

ガーザスは軍をやめて冒険者に戻りハノイ村に居住を移すことになったのだ。

ただ、ハノイ村はシュヴィア領に属しているため、レバニアから籍を移す手続きがあり、その影響でこの時期になった。

お役所仕事って大体時間かかるんだよなぁ。

まぁ、変な奴が来るのを防ぐ為の手段ではあると思うが……。

「そういえば、ミレシアとはいつ籍を入れたんだ？」

荷物を馬車に積み込みながらガーザスに聞いた。

「……実は、まだ正式に籍は入れてない。ハノイに引っ越してから入れるつもりだ」

「でも、お前の姓を名乗っているんじゃないか？」

「それはですね、私は既に実家から籍を抜かれているからなんです」

「ミレシアは、家族との関係が上手《うま》くいってなくてな……」

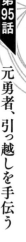

話を聞けばミレシアには姉がいるのだが、両親は姉ばっかり可愛《かわい》がりミレシアは厄介者《やっかいもの》扱いをされて生きてきたらしい。

で、ガーザスとの婚約を期に実家と縁を切った、というのが実状だそうだ。

「姉は美人で要領が良くて殿方《とのがた》から好かれるタイプでしたから、両親も可愛がられたんでしょう。私はどっちかというと部屋に籠《こ》もって本を読んだりするのが好きなので……」

「貴族では出来の良い方をちやほやするのが多いからな。そういうのも知った上で婚約したんだ」

「それで、お姉さんは結婚したのか？」

「はい、名門の貴族の家に嫁《とつ》がれましたが……、クーデターがきっかけでその貴族の家が潰れてしまったんです。姉さんは実家にもお金を送っていて両親は贅沢三昧《ぜいたくざんまい》していたらしいんですが……」

「今、現在もミレシアに金の催促《さいそく》をしているんだよ。此処《ここ》にも押し掛けてきたんだ」

「それで、引っ越しか。なるほどな」

「まぁ、ミレシアが『貴殿方とはもう縁は切りましたのでどうぞお引き取りください。あんまり騒ぐと通報しなければいけないので』ってピシャリと言い切ったのにはスカッとしたよ」

「私に自信を与えてくれたのはエドハルト家の皆様ですから。皆様が私を受け入れてくれたお蔭《かげ》で居場所が出来ました」

ニッコリと笑うミレシアを見て、本当に幸せなんだな、と実感した。

第96話　元勇者、ギルドを作る

「ガーザスはシュヴィアのギルドに所属することになるのか。っていうことは一からの再スタート、ってことになるな」

「そうなるな。今回は生活がかかっているからSは無理でもAランクは目指してみよう、と思っている」

ギルドを退会すると、今までのランクは全てリセットされて、一番下のEランクからの再スタートとなる。

ギルドのランクは一番下のEから最高ランクのSまである。

一般的な冒険者のランクはCかBが多い。

Aランクはその半分、Sとなると更に一割ぐらいになる。

しかもSランク冒険者は、ギルドの顔でもあり、冒険者にとって憧れの象徴でもある。

その分、Sランクになる為のハードルは高い。

戦績だけでなく、性格や過去の行動等も審査の対象となる。

だからAランクまでいければ大したものである。

「ハノイにはギルドはないのか？」

「ないよ。うちは野獣は出るけど魔物は出ないし、至って平和だよ」

「でも、規模は小さくてもギルドは申請すれば出来るぞ。冒険者でも、土木、商業、様々なギルドがあるからな」

「そういえば、ミレシアも商業ギルドから服の仕事を受けたんだよな」

「はい、ですからギルドがあった方が都合がいいです」

ギルドか。ないよりはあった方が良いかもしれないな。

村に帰ったら相談してみるか。

この日は、久しぶりにレバニアの冒険者ギルドに寄り昔馴染《むかしなじみ》達と飲んでいい気分になり、宿屋に泊まり翌日にハノイに戻った。

丁度《ちょうど》シュバルツが来ていたのでギルドについて聞いてみた。

「その話をしたかったんです。この村にもギルドを作った方が良いか、と思いまして」

「ギルドって、そう簡単に作れるもんなのか？」

「色々、条件がありますし規制もあります。この村だったら総合ギルドをオススメします」

「総合ギルド？」

「簡単に言ってしまうと『なんでも屋』みたいなものです。村とか町だったら普通ですよ」

なるほど……。

「あと、ギルドの数には制限があります。基本的には町に一つですが、王都となると広いですから、二つか三つぐらい存在しています」

「レバニアもそうだったよ。ギルド同士の争いとかがあって面倒くさかったよ」

「そういうのを避ける為に制限をかけているんですよ」

シュバルツからギルドの説明を受けて、この村にもギルドを作ることになった。

第97話　元勇者、シュヴィアのギルドへ行く

「……というわけでこの村にもギルドを作ることになった」

俺はみんなにギルドを作ることを説明した。

「確かにあった方がいいかもしれないな」

「建物はどうするんですか？　ギルドとなると、やっぱりある程度の大きい建物が必要ですよ」

「う～ん、新たに作るしかないな。アムール、頼めるか？」

「勿論《もちろん》ですよ。デザインの方は任せてください」

よくよく考えれば、うちの住人達は職人が多いから便利だな。

「ギルド長はガーザス、頼む」

「俺が？」

「ノエルがやるんじゃないの？」

「流石《さすが》にギルド長は難しい、役職が増えるのは……」

EX-BRAVE WANTS A QUIET LIFE

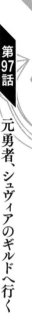

村長とか領主って結構大変なんだぞ。

トラブルとかあったら国に報告しなきゃいけないし、毎日書類との格闘だよ。

ギルドくらいは一冒険者として活動したいんだよ。

「名前はどうする」

「そのまんま、『ハノイギルド』でいいだろ」

こうしてギルド作りが始まった。


数日後、俺とガーザス、サラはシュヴィアの王都にいた。

ギルドの申請と運営のやり方の講習を受けるためだ。

書類の方は国に出せばいいだけで、講習の方はシュバルツにシュヴィア一の大手ギルドを紹介してもらった。

ランクはSランク、建物はやはり広いし大きい。

ここは冒険者、魔法、商業等を一つの建物の中でやっているそうだ。

考え方としては、うちと似たようなものだ。

ギルドの前では、一人の男性が俺たちを待っていた。

「お待ちしていました、ハノイの皆さんですね？　私はこのギルドのマスターを務めています」

「どうも、ノエルといいます」

「ギルドマスター予定のガーザスです」

「サラだ」

お互い自己紹介をして、中に入る。

中はやはり人が多くて、にぎやかだ。

しかし、このギルドマスターは結構若い男性だ。見た目二十代ぐらいだろう。

大体ギルドマスターになるのはベテランの冒険者が多くて、四十代～五十代が多いし、それなりの功績がないとギルドマスターにはなれない。

だから、このぐらい若いギルドマスターは珍しい。

俺たちはギルドマスターの部屋に入る。

部屋の中は本だらけで、本棚《ほんだな》にはぎっしりと本が置いてある。

「改めて、ギルドマスターのシエンスと申します。シュバルツ様から話は聞いております。その前に……、うちの弟子がお世話になっています」

「弟子？」

「はい、ジャレットのことです」

「ええっ!?　それじゃああんたは……」

「はい、錬金術師です。そして、ジャレットの師匠《ししょう》でもあります」

第98話 元勇者、錬金術師に会う

「ジャレットは私が自らスカウトしたんです。あの子は錬金術の才能がある子ですから」

「でも、追い出したんだろ？」

「それは違います。私には他にも弟子がいるんですが、その他の弟子達が彼女に嫌がらせをしていたんですよ」

「嫌がらせ？」

「わざと粗悪な材料を渡して失敗させたり、調合のやり方を教えなかったり、としていたそうです。私の監督不行届きと言われればそれまでですが……」

　本当にすまなそうな顔をしているシエンス。

「でも、彼女はどうやら良い環境をもらったみたいで安心しました」

「確かに、彼女の作るポーションは上級だからな。腕はいいんだろう、とは思っていた」

「で、その嫌がらせをしていた弟子達はどうしたんだ？」

「勿論、処分はさせてもらいました。彼等には錬金術師より人としての再教育が必要みたいで

EX-BRAVE WANTS A QUIET LIFE

すから」

その話を聞いてサラはようやく表情を和《やわ》らげた。

シエンスの話を聞いていた間、ずっと不機嫌な顔をしていた。

多分、同じ裏切られた境遇だからジャレットに同情したんだろうな、と思う。

でも、こうしてちゃんと見てくれる人がいるわけだからよかったよ。

「では、ギルドの話をしましょうか」

そういえばそうだった。

「このギルドは見ての通り総合ギルドとなっています。冒険者もそうですし、魔術師、錬金術師、商人全てが入っています、何故かわかりますか？」

「効率がいいから、とか？」

「それが一番大きな理由ですが、もう一つギルド同士の争いをなくす為でもあるんです」

それはなんとなくわかるような気がする。

ギルドの中には、悪意を持ってライバルのギルドを潰そうとするギルドもある。

俺も冒険者時代にライバルギルドから嫌がらせを受けたことが何回もある。

それはガーザスも経験している。

結局そのライバルギルドは嫌がらせの結果、死人を出してしまい潰れてしまった。

自業自得《じごうじとく》の結果なんだけど、冒険者達は暫《しばら》く白い目で見られたのを覚えている。

「情報を統括することで無用なトラブルや事故を防げる、それがこのギルドの利点なんです」

「それをその若さで考えたのか？　すごいな」

「あぁ～、私は若い様に見えます？」

「どっからどう見たって二十代に見えるけど？」

「実は、こう見えても先代の勇者パーティーのメンバーなんですよ」

その瞬間、この場の空気が固まった。

第99話　元勇者、錬金術師の過去を知る

「せ、先代勇者って……、ミラージュのことも知っているのか？」

「勿論ですよ。先代勇者のパーティーで生き残っているのは私と彼女ぐらいですよ。そういえば彼女は元気にしていますか？」

「あぁ、元気だよ……」

「それはよかった」

　そう言ってにっこり笑うシエンス。

「でも、なんでシュヴィアの街に残ったんだ？　勇者パーティーは確か全員聖国へと移住したはずなんじゃないか？」

「確かに私も聖国にいましたよ。ですが、当時のシュヴィアの国王に頼まれて戻ってきたんですよ」

「頼まれたって？」

「『知恵を貸してほしい』と。手は出さなくていいから口を出してくれ、実行は我々がやる、

と言われましてね」

「反対はされなかったのか？」

「別に、基本的にみんな個人行動をしていますから。でも、ミラには話は通しましたよ。ミラも快《こころよ》く送り出してくれました」

この話、後日ミラに聞いたら、曰《いわ》く『シエンスはマイペースで自由気ままに行動するから、規制してもしょうがない』とのことだった。

まぁ、かなり翻弄《ほんろう》されたみたいで愚痴《ぐち》が次々と出てくる。

先代勇者の次に手がかかったらしい。

先代勇者のパーティーって個性的な面々が多かったんだな、と思う。

第100話

元勇者、シュヴィアの過去を知る

それから、俺達はシエンスからギルドの運営方法とか色々話を聞いた。

まぁ、うちの村のギルドは、そんなに大きくするつもりはないけど、参考にはなった。

「このギルドも立ち上げ当時は色々苦労したんですよ。この国の他のギルドから嫌がらせも受けました」

そりゃあそうだろうな、と思う。

新参者は最初は受け入れにくいからな。

俺も冒険者になった頃は色々言われていたからな。

「それでも、やってこられたのはサリウス王のおかげだと思っています」

「サリウス王がシエンスを呼び寄せたのか」

「いえ、先代の王が病気で亡くなる直前に私の元に手紙が届きましてね、『国の行く末、サリウスがこれから行う改革を手伝ってほしい』と書かれていました。私もシュヴィア出身ですしね」

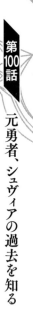

先代の王っていうことはサリウスの父親か。

「当時の国は結構ひどい状態だったんです。王族なんてお飾り状態で、実質はある貴族が権力をふるっていたんです」

「そんなことがあったなんて知らなかった……」

「それを変えようとしていたのがサリウス王だったのです。彼はこの国を根本的な部分から変えようとしました。その一つがこのギルドの設立です。ギルド同士の無用な争いを止め、協力関係を作るようにするのが目的なんです」

なるほど、そんな過去があったのか。

「徐々にですがこのギルドも受け入れられていきました。勿論《もちろん》、表沙汰《おもてざた》には出来ないこともありますよ。その貴族から暗殺者を送り込まれたこともあります。返り討《う》ちにはしましたけどね」

にっこり笑いながら物騒なことを言うシエンスを見て、やはり只者《ただもの》ではないな、と思った。

第101話

元勇者、アイナの過去を知る

「えっ!?　師匠《ししょう》にお会いしたんですか!?」

「あぁ、ジャレットのことも心配していたよ」

ハノイ村に戻ってきた俺はジャレットにシエンスと会ったことを話した。

勿論、ジャレットを追放したのは兄弟子でそこにシエンスの意志はない、ということも。

シエンスはジャレットのことを心配している、ということを話した。

まぁ、大号泣だった。

「よがっだぁ……、わだし、ぎらわれでなぐっでぇ……」

「ほら、ちゃんと涙拭きなさいよ」

アイナがハンカチをジャレットに渡した。

「うぅ……、ありがどうございまずぅ……」

「だから、ここで結果を出すのを期待してる、って言ってたぞ」

「はぁいぃ……、わたしぃ、がんばりますぅ」

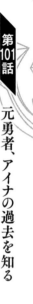

泣きながらも気合を入れて頑張ってくれるみたいだ。

「いいわよね、ちゃんと見てくれる人がいて」

「アイナだって師匠はいるだろ？」

「……家庭教師の先生はいたけど、けなされるだけで褒《ほ》めてくれたことなんて一度もなかったわ」

そう言って、フッと寂しそうな表情をするアイナ。

「私は、落ちこぼれだったのよ」

「えっ、でも魔法学院を首席で卒業した、って聞いたが」

「親が校長とか理事長とかに賄賂《わいろ》を渡していたみたいなのよ。うちの両親は魔法協会のお偉いさんだから。その娘が落ちこぼれなんて他の魔導士に知られたくないでしょ」

「そんなもんなのか？」

「そんなもんなのよ。だから、両親は魔王を倒した勇者の仲間、っていう『名誉』を手に入れるために私をパーティーに参加させたのよ」

そういう事情があったのか。

そういえば、いつも必死だったのを覚えている。

この村に来て、初めて笑ったりするのを見たなぁ。

「そういえば、両親はどうなったんだ？」

「さぁ？　連絡取ってないからわからないわ」

話だけ聞いていると、アイナの家はどうやらあまり良い関係ではないらしいな。

そう考えると、俺の家は金はなかったけど幸せだったなぁ。たまに、親父《おやじ》が馬鹿な発言をしてお袋にぶん殴《なぐ》られていたけど。

……女神になっても関係は変わってないだろうな。

第102話　元勇者、魔法協会の現状を知る

とある日、俺はレバニアに来ていた。

ガッシュ将軍から呼び出されたのだ。

「わざわざ呼び出して申し訳ない。レバニアの現状をご報告しようと思いましてな」

「改革は上手《うま》くいっているんですか？」

「ええ、みんなで話し合いながら一つ一つ進めております」

ガッシュ将軍から渡された資料を見ながら聞いた。

まぁ、俺の出来ることなんて何もないんだが……。

「そういえば、魔法協会ってありますよね？　あそこも改革の対象なんですよね、どうなりました？」

「あぁ……、あそこが一番の鬼門でしてな」

鬼門？

「あそこは伝統を重んじていますから、なかなかメスを入れることが出来なかったんです」

「出来なかった、っていうことは漸《ようや》く出来たんですね？」

「ええ、不正や賄賂《わいろ》、汚職等の証拠が大量に出ましてな」

「誰かが摘発したんですか？」

「はい、実は魔法協会の会長自らが証拠を出してくれたのです」

「へっ⁉　会長自ら？」

　幹部とか部下がするならわかるけれども、まさか会長自ら告発するとは珍しい。

「それで、協会幹部は総交代、新体制がスタートしたのです。不正に関わった者は逮捕、更迭《こうてつ》されました」

「アイナの親も、更迭されたのか？　あいつの家族はエリートと聞いているんだけど」

「ええ、逮捕され裁判にかけられ牢獄《ろうごく》に入れられております。アイナ殿もエリートの家に生まれたばかりに翻弄《ほんろう》されて……」

　そうか……、まぁ、本人は気にしてないみたいだけどな。

第103話　元勇者、魔法協会へ行く

ガッシュ将軍との用事が終わった後、せっかくなので魔法協会の近くを通ることにした。

魔法協会は町の中心部にある。

ちょっと古ぼけた建物だが、それだけに神秘的な部分がある。

「あの、魔法協会にご用でしょうか？」

「うおっ!?　いや、ちょっと近くを通っただけですから……」

いきなり後ろから声をかけられて驚いた。

「あの……、もしかしてノエル様ですか？」

「えっ!?　俺のこと知っているのか？」

「勿論ですとも。ノエル様は有名人ですから」

ニッコリ笑うその女の子はアイナと違って物腰が柔らかそうな感じがした。

アイナは基本クールだからな。

「私、アイナの同級生なんです。アイナは元気にしていますか？」

EX-BRAVE WANTS A QUIET LIFE

「あぁ、元気にやっているよ」

「良かったぁ、あの子いつも自分を追い込んでいて他人と接しなかったんですよ」

本当にアイナのことを心配しているみたいだな。

アイナも良い友達がいるじゃないか。

「良かったら、協会に寄っていきませんか?」

「いいのか?」

「はいっ! アイナの話も聞きたいので」

言葉に甘えて俺は魔法協会の中に入っていた。

「そういえば名前聞いてなかったな」

「あっ、すいませんっ! 私ビーナと言いまして、魔法協会の会長を務めさせてもらっています」

……えっ?

こんな若い娘が会長?

第104話　元勇者、魔法協会会長に会う

魔法教会の中は独特だった。

職員は空を飛んでいるし、本が蝶のようにバタバタと飛んでいる。

「独特な風景だなぁ……」

「魔導士以外の方には変わってみえますよね。でも、これが私達のいつもの風景なんですよ」

ビーナは奥の方へと入っていき、俺もその後を追う。

「此処《ここ》が私の部屋です」

そう言って、奥にある部屋へと入っていく。

部屋に入ると、意外と普通だった。

「改めましてレバニア魔法協会会長のビーナ・フレンシアと申します」

「ノエル・ビーガーだ。しかし……」

「あぁ、私が会長ということが可笑《おか》しいですか？　まぁ、私も突然任命されてビックリしたんですけどね。実は前任の会長は私のお爺《じい》ちゃんなんですよ」

「じゃあ、その爺さんから任命されたのか？」

「そうなんです。全幹部総とっかえで、つい最近まで大変だったんですよ。あぁ、お茶でもどうぞ」

「あぁ、ありがとう」

出されたお茶を飲む。

「ハーブティーか」

「疲労に効くお茶です。私、その人の体調に合わせたお茶とかお薬の調合が得意なんですよ」

「そうなのか。そういえば、その総とっかえも前会長が指示した、ということか？」

「はい。今回の件でギルドやら協会やらが改革を断行しなければいけない状況に陥《おちい》りまして。それでも、私の両親やアイナの両親は改革に反対していたんですよ。それでお爺ちゃんが強硬手段に出たんです」

それが不正の告発だったのか。

「私のお爺ちゃんは『魔術、魔法は人の役に立つもの。自らの利益や他人の欲に使うのは言語《ごんご》道断《どうだん》！』といつも口癖《くちぐせ》の様に言っていましたから」

随分《ずいぶん》と立派な人なんだな、前会長という人は。

「それで、アイナのことなんですが」

「あぁ、そうだ。アイナとは同級生だ、って聞いたが」

「はい。それだけじゃなくて小さい頃から知っているんですよ。家同士の付き合いで所謂《いわゆる》幼馴染《おさななじみ》なんです。昔は、よく笑っていたんですけど、だんだんと性格が変わっていっちゃって……。学園に入学した頃になると私とも口を利《き》かなくなったんです」

　そう言って少し寂しそうな顔をするビーナ。

「やっぱり家族が原因か」

「それだけじゃないんですよ。アイナの場合は『魔導実験』を受けていますから、それも影響しているかもしれません」

「なんだ、魔導実験って？」

「強制的に強力な魔力を得る、要は人体実験みたいなものです。アイナは魔王討伐《とうばつ》の旅に出る時に魔導実験を受けたんです。でも、それってリスクがあって体に大きな負担がかかるんです」

　そういえば、旅の時に苦しそうな表情をしていたけどそれが原因だったのか。

「でも、それって人道的にどうなんだ？　反対されなかったのか？」

「いいえ、積極的にやらせたみたいです。アイナの両親は……」

　その話で漸く理解出来た。アイナが家族とか無関心な理由が。

第105話　元勇者、パーティーの裏側を知る

「えっ!?　ビーナに会ったのっ!?」

「あぁ、偶々《たまたま》会ったんだよ」

村に戻ってきた俺は、アイナに、ビーナに会ったことを話したら驚いていた。

「聞いたら、幼馴染らしいじゃないか。心配していたぞ」

「そう……。昔からお人好しだったから」

「口を利かなくなった、というのは？」

「親の指示よ。ビーナは天才肌で、直感で魔法を使うタイプだったから。親としては私の目の上のたんこぶだったから、『あまり仲良くするな』って言われたのよ。私もばか正直に鵜呑《うの》みにしちゃって……」

そういう事情があったのか。

「向こうは今でもお前のことを友達だ、って思っているみたいだから連絡した方がいいぞ」

「そうね……、そうするわ」

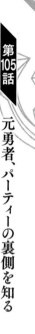

「それから……、『魔導実験』のことも聞いた」

「そう……」

アイナは裾《すそ》を捲《めく》り腕を見せた。

腕には注射の痕が残っている。

「魔力を向上させる薬を安定するまで毎日投与されていたの。今はだいぶ慣れたけど旅をしていた時は副作用に苦しんでいたわ」

「たまに辛《つら》そうな顔をしていたのは副作用が原因だったのか」

「そうよ。私は『パーティーの皆も同じ様なことをやっている』って聞いたから魔導実験を受けたのよ」

「……ちょっと待て。俺はそんなことしてないぞ」

「……えっ？」

「他のメンバーは知らないが俺は間違いなくそんなことはやってないぞ」

「もしかして……、私だけ？」

後日、調べてみたらやはりアイナだけだったことが発覚。

それがわかった時のアイナのキレようといったら……。

レバニアの牢獄《ろうごく》にいる実の両親を殺してやるくらいの勢いを止めるのに必死だった。

これでアイナの家族関係は完全に修復不可能となった。

第106話　元勇者、アイナと魔法協会へ行く

後日、アイナを連れてレバニアの魔法協会を訪れた。

「アイナ！　久しぶりっ！」

「ビーナッ！　元気そうで良かったわ」

二人は再会を喜んでいた。

「会長になったって聞いた時はビックリしたけど、まぁ納得よね。ビーナの実力だったら」

「私なんてまだまだよぉ。周りに支えられてなんとか頑張っているわ」

「ビーナだったら出来るわよ。まぁ、私も出来ることがあったら協力するわよ」

「ありがとうっ！　やっぱり持つべきものは友達だねっ！」

「私のこと、まだ友達だって思ってくれているの？　冷たい態度取ったのに……」

「当たり前でしょ？　アイナの家庭の事情はお爺ちゃんから聞いていたから。私、力になりたかったんだけど……」

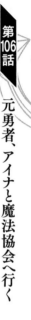

「ビーナ……、その気持ちだけで充分よ。また友達として付き合ってくれる？」

「勿論《もちろん》っ！」

二人の会話を見ていると離れていても何処《どこ》かで繋《つな》がっているんだなぁ、って思う。

今回、魔法協会に来た理由はやはり『魔導実験』のことについて。

後遺症がないかアイナの身体の検査をする為である。

俺はビーナの部屋で待たせてもらう。

魔導実験についてミレット達に聞いてみたら、そもそも人体実験自体が各国との取り決めとして、違法であり禁止行為らしい。

それを魔法協会がやっていた、とすれば魔法協会だけの責任になるのだが、どうも当時の国王は黙認していたみたいだ。

前会長が提出した書類の中に、そういう書類があったらしい。

その件でカインも再び事情聴取されるらしい。

まぁ、当然の結果だよな。

暫《しばら》くしてアイナが戻ってきた。

「どうだった？　検査は？」

「うん、大丈夫だったわ。特に異状はなかったし薬の副作用も抜けているみたい」

とりあえず一安心だな。

幕間22　カインのその後

レバニアの端に『ダンダ鉱山』という場所がある。

此処《ここ》は重罪を犯した者が行く、言ってみれば『刑務所』であり『牢獄《ろうごく》』である。

此処での仕事はひたすら掘り続けること。

朝から夜までひたすら掘り進む。

そして、鉱物を手押し車で運ぶ。

ただ、それだけ。

休憩は昼休みのみで、食事は支給されるが乾パンと水のみ。

そんな劣悪な環境の中にレバニア国『元』王子、カイン・レバニアはいた。

身なりはボロボロで身体中は傷だらけ。

首には奴隷《どれい》の首輪があり、腕には奴隷の紋章が彫られている。

はぁはぁ、とヨロヨロしながら手押し車で鉱物を運び出す彼にはかつての面影《おもかげ》はなかった……。

鉱山には月に一回だが面会日というものがある。

ある日、カインの元に面会したいという人物がやって来た。

しかし、カインには誰が来たのかわからなかった。

そもそも今の自分に面会したい人物がいるのだろうか。

そんなことを思いながら、カインは面会室に入った。

そこにいた人物にカインは驚いた。

「久しぶりだな、カイン元王子」

「ノ、ノエル……」

そう、ノエルである。

「なんで……、お前が……」

「警戒するなよ。ちょっと聞きたいことがあるから来たんだ」

「聞きたいこと……？」

「『魔導実験』という言葉に聞き覚えはないか？」

「魔導実験……、いや、聞き覚えはない……」

「そうか……。っていうことはやっぱり国王が独断でやったことなのか……」

ノエルは一人納得してウンウンと頷《うなず》いた。

「その魔導実験がどうかしたのか……？」

「うん、まぁお前の父親はやっぱり屑《くず》だった、ということだ」

ノエルは魔導実験のことを話した。

話を聞くにつれ、カインの表情が青くなっていく。

「父上がそんなことをやっていたとは……。……知らなかったでは済まされないな。全ては私の責任だ。私が……、勇者になりたい、なんて言わなかったら……」

「そんなこと言ったのかよ」

「私は……、弟や妹達が優秀で結果を出しているのが怖かった……。そんな私の唯一の味方が父上だった。しかし、今ならわかる。父上は間違っていた。そして、私も間違っていた……」

そう言って、カインはギュッと手を握った。

「ノエル、すまなかった……。君の手柄を奪ってしまって……」

カインは頭を下げた。

「本当にそう思っているんだな。じゃあこの話はこれで終わりだ」

「……それでいいのか？」

「あぁ、過ぎたことを言ってもしょうがないからな。それにお前はどうやら変わりつつあるみたいだからな」

「私が……変わる？」

「素直に過ちを認めて謝罪する、それだけで大きな一歩だ。まずはこの鉱山で結果を出すんだ。結果を出せば必ず評価をする奴が現れる。それまで頑張れ」

「ノエル……。こんな私を励《はげ》ましてくれるのか？」

「お前が反省しなくて、前と一緒だったらさっさと帰るつもりだった。だけど変わろうとしているなら俺は応援するつもりだ」

「ありがとう……」

カインは涙を流した。

此処《ここ》に来て、温かい言葉をかけられたのは初めてだった。

しかも、自分が嵌《は》めた人物からだ。

これが勇者たる由縁《ゆえん》か……。

カインはそう思った。

第107話 元勇者、仲間のその後を知る

「兄上に会われたんですかっ!?」

「あぁ、かなり反省していたよ。まぁ、あの環境だったら心が折れてもしょうがないよな」

俺は、ミレット達にカインの様子を教えた。

「あそこの鉱山は父上の肝《きも》いりで開発が始まったんです。兄上や僕も何回か視察に行ったことがありますが……。まさか、自分があそこに入れられるとは兄上も思っていなかったでしょうね」

一寸先は闇、とは正にこのことだな。

そういえばステラはどうしているんだろうな?

聖国に連行されて以来全《まった》く音沙汰《おとさた》なしの状態なんだが……。

ミラージュに聞いてみるか。

それから数日後にミラージュが来たのでステラのことを聞いてみた。

「あぁ～、聖国内の修道院でシスターとして生活しているわ」

「ちゃんと反省はしているのか？」

「報告だと最初の頃は情緒《じょうちょ》不安定だったみたい。だけど、流石《さすが》にどうしようもない、って思ったらしいわね。大人しく神に祈りを捧げたり、ボランティアに勤《いそ》しんだりしているわ」

　そうか、根は悪い奴じゃないんだよ。出会った相手が悪かったんだ。

「一番どうしようもないのはグダールって奴よ。アレは生まれ変わることも出来ないんだから」

「どういう意味だ？」

「人を殺したり罪を犯したりした者は死後、地獄に堕《お》ちて現世の罪を償《つぐな》わないといけないの。そうしないと生まれ変わることは出来ないんだけど、グダールの場合は被害者の恨みが強すぎたし、アイツ色んな恨みを買っているみたいよ、その中の一人が邪神に気に入られて僕《しもべ》になって自らグダールに手を出したから、地獄じゃなくて冥界《めいかい》に連れていかれたのよ。冥界に行った者は二度と生まれ変わることは出来ない。ずっと冥界で苦しみ続けるしかないのよ」

「冥界っていうのは？」

「メナルティが支配している世界。まぁ、ほとんど副官が仕事していてメナルティは滅多《めった》に帰らないけどね」

「はぁ……、自業自得《じごうじとく》とはいえ辛《つら》いな」

第108話　元勇者、ギルドの完成を喜ぶ

シュヴィアのギルドを訪問してから数週間後、ギルドの建物が完成した。

「結構大きな建物になったな」

「これでも必要なものを考えてシンプルにしたんですよ」

建物は三階建てになっている。

「一階はギルド兼食堂になっています」

「酒場じゃないんだ？」

「酒場よりも食堂の方が老若男女《ろうにゃくなんにょ》集まりやすいじゃないですか」

言われてみればその通りだ。

「二階は集会場や会議室になっています。あと、簡単な宿泊も出来るようにしました」

「それはありがたいな。疲れて宿屋取るのも嫌な時があるんだ」

「三階はギルド長の部屋＋自宅になっています」

「俺のっ⁉」

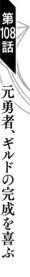

「ええ、聞けば新婚だそうじゃないですか。やっぱり職場と自宅は近い方がいいと思うんですよ」

「……あんた、そういう気の遣い方も出来たのね」

「どういう意味？」

「いや、クリスタの言いたいことはわかるぞ。アムールって恋愛とか興味なさそうだから」

「だって、夫婦は一緒にいるのが当たり前でしょ？」

キョトンとするアムール。

……まぁ、言われてみれば当たり前だが。

「ありがとうな、アムール。気合が入ったぜ！」

「ガーザス様、あんまり無理はしないでくださいね」

こうして、我がハノイ村のギルドが正式に稼働《かどう》することとなった。

まぁ、シュヴィア国に申請して、ギルド協会にも登録した。

因《ちな》みにギルドの種類は『総合ギルド』とした。

第109話 元勇者、ギルドのメンバーを募集する

さて、晴れてギルド稼働となったのだが、問題は山積みだ。

まず、冒険者が足りない。

依頼があっても冒険者がいなければなんにもならない。

俺やサラは冒険者として登録させてもらうがそれでも足りない。

「依頼といっても、害獣駆除《くじょ》や薬草採りとかがメインになるだろうし、若い奴は一攫千金《いっかくせんきん》を求めるからな」

「そんなもんなのか？」

「そうだよ。俺も最初のころはそうだった。その後、勇者として旅立つことになるんだけどな」

冒険者になったのが十歳で五年間活動した後、勇者に選ばれたんだよなぁ。

「他のギルドから希望者を回してもらおうか？」

「でも、新参者のギルドに回してくれるだろうか？」

EX-BRAVE WANTS A QUIET LIFE

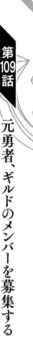

「そういう物好きな奴もいるだろう」

そういう相談をしていた数日後、ギルドに若者がやって来た。

「すいません、登録したいんですが……」

「おぉ、いらっしゃい。うちは出来たてのギルドなんだ。書類さえ書いてくれればすぐに登録出来る」

「あの、学校に通ってなくても冒険者にはなれますよね？」

「学校？　なれるけど？」

「あぁ、良かったぁ……」

俺はチラッと書類を見た。

名前はセイト・グランジェと書かれている。

見た目は気の弱そうな少年だった。

「ノエル、悪いけどコイツの指導係をしてくれないか？」

「えっ⁉　ノエルって……、もしかして勇者様ですか？」

「元だよ。今はこの村の村長兼領主＋冒険者だ、よろしくな」

「セイトと言います。こちらこそよろしくお願いします」

「セイトは戦闘経験はあるか？」

「一応剣の修業をしていました」

「そうか、セイトは自分の武器を持っているのか？」

「それが……、盗《と》られてしまったんです」

「盗られた、って盗賊《とうぞく》にか？」

「いいえ……、その、前に入っていたパーティーに」

……どうも訳ありみたいだな。

第110話　元勇者、新人冒険者の事情を聞く

「セイト、何があったんだ？　事情を聞かせてくれないか？」

「えっと、僕は幼馴染《おさななじみ》と一緒にパーティーを組んでいたんですけど、段々と実力に差が出てきて、気が付いたら僕はパーティーの中で一番下で雑用係をやらされていたんです。それである日遂《つい》に追い出されることになったんです。『もうすぐSランクになる。お前は足手まといで邪魔だからいらない』って……」

ひどい話だが冒険者にはよくある話だ。

俺も追放される現場をよく見かけたが、空気の悪さといったらしょうがない。

「それで、一から鍛えなおそうと思って、冒険者の養成学校に通おう、と思ったんですが入学試験に落ちてしまって、試験官から『冒険者に向いてない』って言われて……」

また厳しい言葉を言われたたな。

「セイトはなんで冒険者になったんだ？」

「それは……、家族を養うためです。故郷の村に両親や幼い弟や妹がいるので、毎月仕送りし

ているんです。家族は僕の仕送りを当てにしているので……」

　思っていたより切実みたいだな。

「とりあえず、鑑定してみようか？　ひょっとしたらジョブの相性が悪いのかもしれない。アイナ、悪いけど鑑定してくれないか？」

「わかったわ、この水晶玉に手を翳《かざ》して意識を集中させなさい」

「わ、わかりました」

　セイトは恐る恐る水晶玉に手を翳した。

「んっ!?　こ、これって……」

「どうした!?　何か分かったのか？」

「あの、やっぱり冒険者に向いてないんでしょうか？」

「ううん、そうじゃなくて……、この子とんでもない能力の持ち主よ」

「どういう意味だ？」

「全ての能力値がＭＡＸになってる……」

「……はい？」

　全員が固まった。

「えっと、どういう意味ですか？」

「全てのステータスが最大値になっている、っていうこと。剣士としても魔導士としてもどんな職業についても成功する、ということよ」

「えっ……、でも、パーティーの中では僕はモンスターによくやられたりするし……」

「力が強すぎるのよ、上手《うま》くコントロール出来ていないのが原因かもしれないわ。それさえ勉強すればすぐに成長して、貴方《あなた》を追い出した仲間や試験官を見返すことが出来るわよ」

「ほ、本当ですかっ!?」

とんでもない奴が現れたな。

本人はまだ信じられない、っていう顔をしているが。

ただ、才能があるんだったら伸ばさないといけないな。

楽しみが一つ出来た。

第111話　元勇者、セイトを鍛える

「まずは道具だが、お金はないんだろ？」

「はい……、お金は全て最低限のものだけで後は置いていくように、と……」

容赦《ようしゃ》ないな、そのパーティー。

情けというものはないのか。

「だったら、レンタルしようか？　金を稼《かせ》げるようになったら買い取っていいから」

「ありがとうございます。早く稼げるように頑張ります」

やる気は十分だな。

早速、防具、剣を用意してもらう。

防具や武器にもレベルがあり、同じ物を使っていけばレベルは上がっていく。

当然、新人冒険者の武器や道具はレベル1から始まる。

ギルドの裏側にある訓練場へ行く。

「さて、まずは基礎訓練を行う。まずは俺が相手をするから、かかってきてくれ」

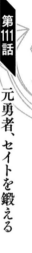

「武器は持ってないんですか？」

「あぁ、俺はよけれる自信があるから全力でかかってきてくれ」

「わかりました」

そう言ってセイトは剣を構える。

そして、俺に向かってくる。

ブンブンと俺に剣を振ってくるが俺はヒョイとよけていく。

よけながらも俺はセイトの動きを冷静に観察している。

剣士としての基本的な動きは出来ているが、無駄な動作が多い。

あと、体力がないな。すでに息切れをしている。

やはり大きな能力を持っていると体力が異常に減っていく。

これは俺も経験していたから凄《すご》くわかる。

「よし、ここまで」

「はぁはぁ……、つ、疲れました」

「まずは体力向上を目指そう。これから毎日ランニングをするぞ。基本的な動きは出来ているから、少し練習すればすぐにレベルは上がるはずだ」

「本当ですか!?　が、頑張ります」

性格も良いし、実力がついたとしてもその謙虚さは忘れてほしくないな。

第112話　元勇者、セイトの成長を喜ぶ

セイトを鍛え始めて一週間が経過した。

毎日のランニングを始めてから徐々にだがセイトの体力が上がってきた。

それに伴《ともな》って剣技の威力も向上して、俺に一撃を与えられるようになってきた。

これなら大丈夫だろうと思い、依頼を受けることにした。

といってもこの辺はモンスターが出ることはなく、やることといったら害獣駆除《くじょ》や薬草摘《つ》みくらいなもんだから、経験を積む為に害獣、この場合オオカミの駆除をすることになった。

依頼を受けて俺とセイトは早速森の中に行く。

「いいか、獣っていうのは向こうも生き延びるのに必死だ。気配に敏感だから、俺が囮《おとり》になって引き寄せるからお前はとどめを刺せ」

「は、はい……」

「とにかく弱気になるな。弱気を見せたら容赦なく襲い掛かってくるからな」

「わ、わかりました……」

EX-BRAVE WANTS A QUIET LIFE

やはり、若干《じゃっかん》緊張気味だ。
そりゃそうだろうな、俺だって初めての時は緊張したもんだ。
森の中を慎重に歩いていくと……、いた。
俺は小声でセイトに指示を出した。
「お前はここで待機していろ」
「ノエルさんはどうするんですか？」
「俺は別の角度からアイツをひきつけるから」
そう言って、セイトと離れた。
茂みに隠れながら獲物に近づく。
そして、わざと音を出す。
オオカミは俺の気配に気づいて唸《うな》り声をあげる。
セイトには気づいていないみたいだ。
俺は茂みから出て剣を構える。
オオカミは今にでも俺に襲い掛かろうとしている。
現場には張りつめた空気が漂っている。
そして、オオカミが俺に襲い掛かってきた。
俺は、それを払いのける。

丁度《ちょうど》、セイトの前にオオカミがいる。

「セイト、今だっ！」

「は、はいっ！」

セイトはオオカミの背後から剣を振りおろした。

見事に当たり、オオカミを倒した。

「や、やったっ！　僕の力で倒したんだ……！」

「よくやった。初勝利だな」

「ノエルさんのおかげです！　ありがとうございます！」

こうして人を育てるのも悪くないな、って思った。

第113話　元勇者、セイトの元パーティーの現状を聞く

俺達はオオカミの死骸《しがい》を運んでギルドに戻ってきた。

「おぉ、見事に依頼達成だな」

「はいっ！　ノエルさんのおかげで達成出来ましたっ！」

セイトはニコニコして報告した。

「じゃあ報酬《ほうしゅう》を渡そう」

今回の報酬は銀貨一枚、銅貨二枚だった。

「これはノエルさんと分ければいいんですか？」

「俺はあくまでサポート役だから、全部お前がもらっていいよ」

「コイツは財産があるから大丈夫だよ」

ガーザス、何言ってるんだよ……。

「あぁ、そうそうギルド協会から会報が届いたんだよ」

「会報？」

「各ギルドの現状とかパーティーの昇格とか降格とかが載ってるんだよ」

「うちのギルドも載っているのか？」

「こないだ、ギルド申請に行った時に取材受けたよ。ほら、ちゃんと載ってる」

『新ギルド誕生！　スローライフを送りたい方は登録待っています』と記事に載っていた。

「スローライフって……」

「この村にはピッタリだろ？」

そうニヤリと笑うガーザス。

「あれ？　僕がいた前のパーティーのことが載ってない……、確かSランクの昇格試験を受ける、って言っていたのに」

「気になるのか？　追い出されたパーティーがどうなったか」

「やっぱり気になります……」

「あぁ、その件だけど会報が出来上がった後のことらしいから、載っていなかったんだけど、気になって問い合わせしてみたんだがエライことになっているぞ」

「どういう意味だ？」

「そのパーティー、昇格どころか冒険者免許を剝奪《はくだつ》されたらしい」

「えっ⁉　なんでですかっ⁉」

「ランクがあがると共に戦果だけじゃなくて日頃の態度とかも審査の対象になるらしい。ギルドの顔になるからな。実際、過去にパーティーの素行の悪さが原因で、ギルドがつぶされたこともある。だから、そう簡単にSランクにはなれないんだ。今回はセイトを無理やり追い出したことが原因らしい。あと、メンバー脱退の届けをギルドに提出していなかったこともマイナスポイントになったらしい」

自分達の首を自分達で締めることになったたか。

まぁ、ギルドも馬鹿じゃなかった、っていうことだな。

第114話 元勇者、セイトの成長を見守る

セイトがギルドに来て一か月が経過した。

徐々にだが戦い方に慣れてきたセイト、強くなってきているのがわかる。

野獣を倒すのにも時間がかからなくなってきたし、数も多くなってきた。

何よりも自信を持ち始めたのが成長した結果だ。

俺もアシストしているが、これなら独り立ちする日も遠くはない。

「今日もお疲れ様でした」

「お疲れさん、そういえば家族に仕送りはしているのか？」

「はい、前のパーティーを組んでいた時より、仕送り出来るお金が増えてみんな喜んでいます」

「そっか、そりゃあ良かったな」

そんなことを話しながらギルドへと入る。

「おう、お帰り」

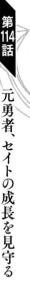

ガーザスが誰かと話しているみたいだ。

手には書類を持っている。

面接をしているみたいだ。

「丁度良かった。今、受付の子の面接をしていたんだ。この子今日からギルドで働くことになったミリィちゃんだ」

「へ？　ミリィ？」

名前にセイトが反応した。

少女が振り向きこちらを見た。

「はじめまして、受付を担当することになったミリィと言います……、ってセイトッ!?」

「ミリィ!?　なんでここにっ!?」

「もしかして……」

「はい、前のパーティーのメンバーです……。っていっても最後まで僕の追い出しに反対してくれたんですけど……」

第115話　元勇者、セイトの元パーティーメンバーの末路を聞く

「な、なんでミリィがここにっ⁉　ていうか、他の皆はっ⁉」

「落ち着け！　セイト‼」

動揺《どうよう》しているセイトをなんとか落ち着かせる。

「えーと、君はセイトを追放したメンバーなのか？」

「は、はい……、それが原因で冒険者免許を剝奪《はくだつ》されました」

「俺はノエルっていうんだ。とりあえず、話を聞かせてもらえないか？　セイトの為にも」

「……はい」

ミリィは何か覚悟を決めた様な顔をした。

その顔を見て俺はなんとなく察した。

セイトにとってはきつい話になるかもしれないな。

「セイト、落ち着いたか？」

「あ、はい……。それでミリィ、他の皆は？」

「その前にあの後私達がどうなったか、伝えておいた方がいい、と思うの」

そう言ってミリィは話し始めた。

「セイトを追放した後、私達はSランクへの昇格試験を受けたの。試験は無事に終わって私達は正直セイトのことは忘れていたの。目の前にあるSランクに目が眩《くら》んでいたのかもしれない……」

「でも、結果は違っていた」

「私達はSランクの重要さに気づいてなかった。その時点で私達はSランクに相応《ふさわ》しくなかったのかもしれない……。ギルドマスターから結果を聞かされて他のメンバーは納得いかなくて食ってかかっていたけど、私は納得したの。結果、私達は冒険者免許の剝奪、ギルドから追放されたの」

「ミリィは冷静に見ているんだな」

「私は『賢者』だから。セイトがパーティーで一番頑張っているのを知っていました。でも、結果が出なくてほかの仲間から段々白い目で見られるようになって……。Sランクになるかもしれない、って見えた時にセイトを追放する話が出てきたんです。私はそれを止めることが出来なかった。それはずっと後悔《こうかい》しているの」

賢者はパーティーの参謀《さんぼう》役でもあるが、ミリィはパーティーのストッパーの役目を果たしていたのか。

「その後、私達は解散することになったんだけど、新しい職を探すにも冒険者が転職するのは大変なの。私は結局ギルドに頭を下げて此処《ここ》を紹介してもらったの」

「他の皆は？」

「フリーの冒険者になったわ。『ギルドに頼らなくても大丈夫だ』って言って……、私も誘われたけど断ったわ。それで別れてすぐに……、魔物に襲われて亡くなったわ」

「亡くなった……？　あんなに強かったのに？」

信じられない、という顔をするセイト。

「フリーの冒険者になると情報が入ってこないの。知らない内に強い魔物のエリアに入っちゃったんじゃないか、って。それに装備も十分じゃなかったみたいだし……」

「なるほど……」

「だから、私は元パーティーのみんなみたいな人を出さない為にギルドで働きたいの。冒険者を死なせない為に」

「そういうことがあったんだ……」

「それでこのギルドに来たらセイトがいたの……。生きていてくれて嬉しかった」

そう言って涙ぐむミリィ。

「そう言ってくれてありがとう、ミリィ。こうして会えたのも何かの縁だし、またよろしく頼むよ」

「私は直接冒険に出ることは出来ないけど……、サポートはするから」

「うん、よろしく！」

このギルドにまた一人新しい仲間が増えた。

第116話 錬金術師、賢者の石を作る

「ふわぁぁぁぁ……」

錬金術師ジャレットは、ボサボサの髪の頭を掻《か》きながらベッドから起きた。

ハノイ村に来てから彼女はポーション作りをメインに作業していた。

彼女の作るポーションは開拓団の面々に評判がよく、毎日せっせとポーション作りに精を出している。

錬金術師だったらもっと上を目指すべきだろうが、ジャレットはマイペースにポーション作りをしている。

「さぁ、今日もポーションを作りますか」

すっかり慣れた手つきでポーション作りを始めた。

錬金術用の鍋《なべ》にポーション用の材料を入れてかき混ぜていく。

しかし、彼女には『ある弱点』があった。

それは、『ドジっ子』である、ということ。

「あともう少しで完成……、っと、きゃあっ!!」

足元に置いていた本に躓《つまず》きこけそうになったジャレットは、思わず材料を入れている棚《たな》に手をかけた。

ボチャン！

「あぁっ!!」

ポーション用の鍋に、棚に置いてあった材料が入ってしまった。

余計なものを入れてしまうとポーションは全く別のものになってしまう。

中には爆発してしまうものが出来てしまうこともあり、ジャレットは思わず部屋の隅に蹲《うずくま》り耳を塞《ふさ》いでいた。

「……あれ？」

蹲ってガタガタ震えていたジャレットは、何も起こらないことに気づいて恐る恐る鍋の中を覗《のぞ》いた。

「あ、あれ……、これって？」

鍋の中には緑色に光る石があった。

「え、まさか……、これって……」

恐る恐る鍋の中にある石を手にして観察してみる。

「おはよう、ジャレット、って何かあったの？」

「あ、アイナさん。おはようございます……、ど、どうしましょう……、わ、私……、『賢者の石』を作っちゃったみたいです……」

「え……？」

第117話 錬金術師、賢者の石の扱いに困る

「……それで、コレが出来上がったのか？」

「はい……、偶然の産物ですから、また同じようなものを作れるかどうかはちょっと……」

アイナから報告を受けた俺は机の上で光っている石を見ていた。

「まぁ、出来ちゃったものはしょうがないとして……、問題は取り扱いだ」

「賢者の石といえば、人間を不老不死にすることも出来るし、使い方によっては世界を震撼《しんかん》させることも出来るわよ」

俺も詳しくはわからないが物騒なものであることだけはわかる。

「ですから、困っているんですよ……」

「作ったんだからジャレットが使えばいいんじゃないか？」

「む、無理ですよっ!?　私みたいな二流錬金術師が扱える代物《しろもの》じゃありませんよっ!?」

「確か、錬金術師の世界では賢者の石を作ること、『ホムンクルス』を作ることが一流の錬金術師の証《あかし》、って聞いたことあるけど」

「無理ですってっ!?　私が一流になれる訳がありませんし、私はポーション作りで精一杯なんですっ!!」

そこまで、自虐《じぎゃく》するか？

「まぁ、取り扱いについてはシエンスにも聞いてみた方が良いかもしれないな」

「そ、そうですね。師匠《ししょう》に相談した方が良いですよ」

とりあえず、この話は一旦保留となった。


が、次の日の早朝。

ドンドンと扉をたたく音で目が覚めた。

「ふわぁ、どうしたんだよ、こんな朝早く……」

玄関を開けたら、涙目のジャレットの姿が。

「どうした、ジャレット？　顔色が悪いぞ？」

「あの、村長……、真に言いにくいことなんですが……、やっちゃいました」

「やっちゃった、って何を？」

そこで俺は、ジャレットの横に小さな女の子がいるのに気付いた。

「もしかして……」

「……ホムンクルスです」

ジャレットはもう天才ではないか、と思う。

第118話　錬金術師、ホムンクルスを作る

「マジでホムンクルスなのか？　昨日は興味がない、って言っていただろ？」

「あの後、まぁ失敗するだろうと思って命を作る為の材料はあったので、試しにやってみようと思って、作って一晩置いたら……」

いや、そんな簡単に作れるのか、ホムンクルスって？

「そもそも、この子がホムンクルスっていう証拠はあるのか？」

「ホムンクルスの特徴って、髪の毛は灰色、両目の色がバラバラなんですよ」

例の子の顔をじっと見る。

少女は不思議そうな顔をしながら俺の顔を見ている。

髪の毛は灰色の長髪、左目は赤、右目は青、今言われた条件にぴったりだ。

「一応シエンスには連絡しておいたから、賢者の石もその子のことも鑑定してもらおう。ところで、その子の名前は？」

「名前……、そういえばまだつけてないです。えっと、自分の名前言える？」

「?」

やっぱり名前がないみたいだ。

「名前付けた方がいいだろ?」

「そうですね、どうしましょう……」

「そうだな……、『レダ』でどうだ?」

「いい名前ですね！　貴女《あなた》の名前は『レダ』よ、わかった?」

少女はコクリと頷《うなず》いた。

その後、シエンスが何人かの錬金術師を連れてやって来た。

「ご無沙汰《ぶさた》しています、師匠」

「久しぶりですね、ジャレット。遂《つい》に賢者の石を作ってしかもホムンクルスまで作るとは私が見込んだことはありました」

「そ、そんな……」

「私、一人の独断では判断出来ないので弟子を連れてきました」

ジャレットはちょっと緊張した面持《おもも》ちでいる。

賢者の石、そしてレダを見てもらう。

錬金術師たちからは「これはなかなか……」とか「ほぅ……」とか呟《つぶや》いている。

レダにも質問しているがレダは話さずに筆談とかジェスチャーをしている。

そして数時間後、鑑定は終わった。

「結論から言うとあれは間違いなく賢者の石です。そしてレダもホムンクルスです」

「そ、そうですか……」

「ジャレット、貴女《あなた》にはこれからレポートを書いてもらいます。これからちょっと忙しくなると思いますが頑張ってください」

ジャレットは顔が青くなった。

第119話 シエンス、過去の失敗を語る

「そういえば、レダってまだ一言も喋《しゃべ》ってないよな」

美味《おい》しそうに食事をしているレダを見ながら、俺は言った。

「ホムンクルスは既にある程度の知識を持っていますが、その代わり、心身に何処《どこ》か欠けた状態で生まれてくることが多いんです。彼女の場合は自分がどういう状況なのかわからない状態なんです」

「時が経てば声も出る、っていうことか？」

「そういうことですね」

「あの～、師匠……。レポートとか拒否しても『ダメですよ』デスヨネ～」

ジャレットは認定を受けてから石化していたが、暫《しばら》くして顔が青くなった。

「ジャレットはもう少し自分に自信をつけるべきだと思いますよ。偶然とはいえ賢者の石、及びホムンクルスの錬成に成功したんですから」

「意識してやってないから二度と作れないんですよ」

「それでいい、と思いますよ。この村でホムンクルスが作られたことは良いことだと思います」

「賢者の石とかホムンクルスとか作るのは錬金術師の夢、って聞いたんだが」

「夢は夢ですよ。私も作ったことがあります。だけど、取り扱いに注意しないとダメなんですよ」

「それはもしかして過去に大きな失敗をした、とか」

「ええ、壮大な失敗をしているんですよ。私の師匠が」

え？　シエンスの師匠？

「師匠は偏《かたよ》った考え方をしていまして……、錬金術こそ最高の術である、と盲信していたんです。当時は錬金術はあまり評価をされてこなかったので、それが師匠には我慢が出来なかったみたいで。師匠は自らを『魔王』と名乗り大量生産されたホムンクルス達と各国に宣戦布告をしたんです」

魔王？

「それってもしかして、ミラージュやシエンスが参加した？」

「ええ、言ってみれば私は師匠の尻拭《しりぬぐ》いをさせられたわけで……」

先代勇者の魔王討伐《とうばつ》の裏にそんな事実が隠されていたとは……。

第120話 錬金術師、奮闘する

「それってミラージュは知っているのか？」

「最初は知りませんでしたが、途中でばれても特に責められることはありませんでした」

「じゃあ、今の魔族はその生き残りの血を引いている、ということか？」

「それはわかりません。魔族に関しては知らないことばかりなんです。師匠はともかくとして、彼らが人類と敵対する理由はどこからやって来たのか、とかを研究すれば共存出来る道があると思うんです」

それは俺も同じだ。だから、魔族の子も受け入れたわけだし。

「今は友好な関係を築こうとしているんですからいいチャンスだと思うんですよ。魔族と共存出来る道、歩み寄るチャンスだと思うんです。それはレダだって同じことですよ」

「そ、そうですか……」

「ええ、ジャレットから歩み寄れば彼女も歩み寄りますよ。彼女を作ったのは貴女なんですから」

「そ、そうですよね……、わ、わかりました。私、頑張ってみます。レダ、よろしくね」

「♪」

この日からジャレットの奮闘が始まった。


それから一週間後。

「ノエルさんっ！　レダが漸《ようや》く言葉を喋る様になりましたっ！」

「おいおい、ドアが壊れるからゆっくり開けてくれ」

勢いよくジャレットがドアを開けて入ってきた。

「レダ、挨拶《あいさつ》してみて」

「……ワタシ、レダ」

単語だが声ははっきりしている。

あと、やっぱり女の子だったんだな、てことが認識出来た。

「俺はノエル、言えるか？」

「ノエル？」

「そうそう、今は単語だけか？」

「そうですね、でもやっぱり知能は高いですよ」

そうだな、一週間でここまで喋れるのはやはり凄《すご》いと思う。

「でも、ジャレット疲れてないか？」

「いやぁ……、ずっと一人で過ごしてきたんで誰かと一緒に生活する機会がなかったんですよ」

「弟子時代は兄弟子たちと一緒に生活してなかったのか？」

「兄弟子はみんな男性ばっかでしたから、私は特別に個人部屋を用意してくれたので……、それに錬金術師はコミュニケーションを取るのが苦手な人が多いんですよ。マイペースというか……」

それはシエンスを見ればわかる。

第121話　ハノイ村の朝の風景

ゴーンゴーン。

教会が修復されてから毎朝、鐘がなるようになった。

「すっかり定着するようになったな」

「この鐘がならないと朝が来た感じがしないな」

俺とサラは外に出た。

「あっ！　村長さん、おはようございまーす！」

「おはよう、ルーシェ。今日も元気だな」

「うん、いい天気だもん♪」

ルーシェを含む子供達は外で遊ぶことが多い。

非常にいいことだ。

孤児院には決められた時間というのはない。

食事の時間以外は基本的に自由だ。

今の鐘も食事の終了時間を知らせる為の鐘だ。

「もう食事は終わったのか？」

「うん、今日はね、キャミーお姉ちゃんが焼いてくれたパンとね、野菜のスープとサラダが出たんだよっ！　すっごく美味《おい》しかったの！」

「そうか、良かったな」

俺はルーシェの頭を撫《な》でた。

ルーシェは笑顔で走っていった。

「元気でいいな」

「うん、子供っていうのは逞《たくま》しいもんだよな」

「でも、いつかは自分の境遇を知らなきゃいけない日がくるんだろうなぁ」

「それは本人が知りたかったら教えればいいし……、その覚悟を自然に覚えさせなきゃいけないんだよな」

それが近い日になるか遠い日になるか永遠に来ないかはまだわからない。

第122話　元勇者、元帝国の王子を受け入れる

ある日、シュバルツが一人の少年を連れてきた。

「シュバルツ、誰だ？　その少年は？」

「以前、話したと思いますけど例の帝国の……、最近、遂《つい》にクーデターが起きて滅んだんですが」

滅んだのか、シンシアがいた帝国。

話だけ聞いていると、当然の結果だと思うけど。

「はじめまして、俺はケイズ・ノワライドって言います」

「ノエル・ビーガーだ。しかし、帰る場所がなくなった、ってことだよな？」

「いや、元々帰るつもりはなかったんで」

「……そんなにひどかったのか？」

「ほぼ親父《おやじ》の独裁政権でしたから。俺は王子といっても王位継承権はないに等しいんですけど、親父の周りはイエスマンばっかりで誰も親父に意見を言える奴はいなかったんです。言ったら

厳罰に処せられますからね」

「それで、よくクーデターが起きたな」

「近隣国が立ち上がったんですよ。帝国から亡命依頼が来て流石《さすが》に見兼ねて行動に移したみたいです」

「それで、ケイズはどうするんだ？」

「実はそれの相談で来たんです」

「俺は冒険者になりたいんです。これからは一人で生きていかなきゃいけないんで」

「大陸に戻るつもりはないのか？」

「戻っても多分居場所はないですから……」

そう言ってちょっと寂しい顔をするケイズ。

「……わかった。この村で受け入れるよ。ギルドも人手がほしかったから」

「すいません、お願いします」

「それにうちにはシンシアがいるからな。同じ大陸出身者がいた方がいいだろう」

「シンシア？　シンシアがいるんですかっ!?」

「いるよ、確かシンシアは帝国軍に所属していたんだろ？」

「ええ、今考えればシンシアを追放したことが、帝国が滅ぶ引き金だったんですよ」

そんなに強かったのか、シンシアは。

第123話　元王子、元部下と再会する

俺はケイズを連れて教会にやって来た。

「ノエル様、どうされたんですか……、ってケイズ様っ!?」

シンシアはケイズの姿を見て驚きの声を上げた。

「シンシア……、久しぶり」

ケイズは照れくさそうな顔をしている。

「ケイズ様……、まさか再会出来るとは思っていませんでした」

涙目になっているシンシア。

「シンシア、ケイズはこの村に住むことになったんだ」

「ええっ!?　帝国には帰られないんですかっ!?」

「いや……、帰れなくなったんだ。もう国はなくなったから」

「え……」

そりゃそうだろ、急に母国がなくなった、っていうんだからな。

EX-BRAVE WANTS A QUIET LIFE

俺はケイズから聞いた話をシンシアに伝えた。

「……いつかやらかす、と思っていましたが、まさかこんなに早いとは」

「まぁ、シンシアを追い出した時点でこうなる運命になっていたんだ。シンシアは帝国一の兵士だったからな」

「そんなに強かったのか、シンシアは」

「銃器という銃器を自分の手の様に使っていたからな。その姿は踊る様に戦場を駆けていたから、『砲撃の戦乙女《いくさおとめ》』と呼ばれたぐらいだ」

マジか……。

「は、恥ずかしいですから……」

顔を真っ赤にしているシンシア。

「いや、でも新鮮だよ。帝国時代は無表情で何を考えているのかわからなかったからな。そんなにイキイキした表情をするのを初めて見たよ」

逆に俺は今のシンシアしか知らないから昔の姿が想像つかないな。

第124話　帝国が滅んだ理由

「そういえば、どういう経緯でその帝国が滅んだんだ？　シンシアがいなくなったからといってそう簡単に崩壊するわけないだろ？」

「俺も正直わからないんですよ。俺がシュヴィアに留学しに来た時は、シンシアはまだいましたから」

「私も首になって教会に保護されてからは帝国のその後はわかりませんよ」

つまり、誰もわからないか……。

しかし、意外な人物が詳細を知っていた。

ミリィである。

「冒険者ギルドのネットワークでそういう情報が入ってくるんです。まず、シンシアさんがいなくなってから、シンシアさんの部隊に所属していた兵士達が、次々と軍をやめて国を去っていった様なんです。で、その兵士さん達は周辺国の軍に雇われて結構偉いポジションに就いているそうなんです」

EX-BRAVE WANTS A QUIET LIFE

「なんで、いきなり偉いポジションにまでいったんだ？」

「出ていったと同時に、帝国の軍事技術がそのまま隣国や周辺国にも伝わったそうなんです」

「情報規制は出来てなかったのか？」

「……親父達は『うちの軍事力は他の国には、真似《まね》出来ない！』って豪語していました」

「周辺国はそれを改良して、一気に軍事力がアップしたそうで、気がついたら帝国を抜いていた、と。しかも、軍だけではなく冒険者にも恩恵があったそうで、最新の武器とかをギルドに貸し出していたそうなんです」

「また太っ腹なことをするな」

「そういうのもあって、帝国はだんだんと取り残されていったそうで……、それに危機感を覚えた一部の兵士達が王家に対して反乱を起こしたのが真相みたいです」

「単純に言うと自滅したのじゃないか……、あれほど注意したのに……」

ケイズは呆《あき》れていた。

驕《おご》れるものは久しからず、とはよくいったものだ。

第125話　ハノイ領にダンジョンが発生したらしい

ケイズはうちの冒険者ギルドに登録、冒険者として再出発することになった。

「国を再興するのか？」

「いいえ、このまま一冒険者として生きていくことにします。俺が戻っても混乱するだけなんで」

「冒険者は結構きついぞ」

「覚悟は出来ています」

その目には迷いはなかった。

「そうか、俺がサポートするよ」

「ありがとうございます」

このギルドの所属の冒険者も徐々にだが増えている。

「ノエル、これを見てくれ」

「なんだこれ？」

　ある日、ガダールからある書類を見せられた。

「最近、ダンジョンが至るところに発生しているらしい」

「ダンジョンが？」

　ダンジョンの基準は『魔物が発生するか迷宮化している洞穴《ほらあな》』が基本なんだが、どうやって作られるかはまだ解明していない。

『ダンジョンマスター』と呼ばれるボスを倒して、そのダンジョンを制覇《せいは》することになる。

　そのダンジョンを見つけるのもギルドの仕事だ。

「この辺はダンジョンなんてないよなぁ？」

「洞穴ならあるけどどな、流石にダンジョンは見たことないな。冒険者になってダンジョンに初めて入ったぐらいだ」

「ダンジョンって、どうやってレベルとかランクとか決めてるんだ？」

「う〜ん、確かギルド本部に査定員がいて、それでランクを決めているらしいんだが、人が決めるわけだから当然不正もあったらしい」

「いや、不正があったらまずいだろ？　命に関わる事なんだから」

「うん、それで昔大問題があったらしくてそれで厳しくなったらしい」

　そうか、まぁこの村には関係のない話だけどな……。

　それから数日後、ギルド本部から、この辺りにダンジョンが発生した、という連絡があった。

しかも、ダンジョンの管理は領主の仕事らしい……。
余計な仕事がまた増えた……。

第126話 元勇者、ダンジョンを探しに行く

「ダンジョンが出来た、ってマジか……」

「あぁ、ギルド本部のお達しだとそうらしい」

ガーザスから渡されたギルド本部からの書類を見て、俺はため息をつく。

「ダンジョンが出来たということは、魔物も現れたということか」

「だとしたら、今頃村に出てきて大騒ぎになっているだろ」

「確かに……、私がいた洞穴にはいなかったが」

「なんらかの形でダンジョンになった可能性もあるな。それで、俺達で調査するのか？」

「いや、本部から調査員が来るらしい」

とりあえず、場所だけは特定した方がいいかもな。

早速、ギルドに調査依頼をすることにした。

メンバーはセイトとケイズ、サポーターとして俺とサラがつくことになった。

要はギルドメンバー全員での参加だ。

「あくまでダンジョンに入るんじゃなくてダンジョンを見つけるのが今回の任務だ」

「はい、わかりました」

「初めての任務にしては結構大事だよな」

「気張らなくてもいいからな。そういえば、セイトはダンジョンに入ったことはあるのか？」

「僕は入り口で待っていました。何故かわからないけど、いつも留守番役でした」

セイトはフッとちょっと寂しそうな顔をした。あんまり、詳しい話は聞かない方がいいよな。

俺達は早速村近くの森へと入っていった。

まず、最初に来たのは、サラと出会ったあの洞穴だ。

松明《たいまつ》を手にし、中に入っていく。

「ここじゃないみたいだな、すぐ行き止まりになってる」

「この近辺にも洞穴は確かあったはずだ」

「それをしらみつぶしに探していくしかないか」

二手に分かれて探索をすることにして、俺はセイトと、サラはケイズと一緒に行動をすることにした。

第127話　元勇者、ダンジョンを見つける

二手に分かれてダンジョン探しを始めた俺達。

洞穴という洞穴を探しまくったが、ダンジョンらしきものは見つからず……。

「やっぱりガセだったんじゃないか？」

「ダンジョンの周辺だと魔力を多少は感じることが出来るんですけど」

俺としてはガセであった方がありがたいな。

ただでさえ領主として国に報告書を出さなければならないのに、更にダンジョンの管理となると余計に忙しくなる。

そんなことを考えている時にサラ達が戻ってきた。

「サラ、どうだった？」

「周辺を探してみたのだがやはりなかった。ただ……」

「ただ？」

「少しだけ魔力を感じるポイントがある」

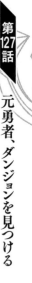

「この岩場の上の方から魔力が下に流れてきているみたいで、たまり場みたいなところがあったんです」

自然発生した魔力は重力の関係で下に下に流れていくことがある。

魔力を回復する事が出来る『スポット』という場所がそれだ。

スポットがあるところには大体発生源となる場所がありそこがダンジョンだったりする。

「ていうことはこの上にダンジョンがある、ということか……」

流石《さすが》に上には登ったことないな。

だって、道がないからな。

上に行くには登るしかない。

「ちょっと待ってろ」

そう言って俺は目を瞑《つむ》った。

「『遠隔透視魔法』起動」

脳内に一気にこの辺の地理が入ってくる。

この魔法は周辺の上空から地下までを見通すことが出来る。

ただ、情報が一気に入ってくるので、ドッと疲れるのがデメリットなんだよな。

「……見えた。確かに上の方にあるな」

「えっ!?　見えたんですか？」

「まぁな。大体地下四層といったところか」

「流石は元勇者だな。そんなことも出来るのか」

「俺だけじゃなくてアイナも使えるはずだぞ」

とりあえず、一旦村に帰るか……。

第128話　元勇者、調査員を出迎える

村に戻って数日後、ギルド本部から調査員がやって来た。

意外だが女性、しかもまだ若い。

「マイン・ネコールといいます」

「この村の村長兼領主のノエルだ。こんな田舎《いなか》の村まで来ていただいてありがとう」

「いえいえ、勇者様にお会い出来て嬉しく思っております」

このマインという少女、意外と物腰が柔らかく、高ランクの冒険者特有のプライドとか上から目線とかはなかった。

「そりゃあ、ノエルの前だったらどんなに高レベルでも低姿勢になるだろ」

……改めて、俺がやったことの凄《すご》さを感じた。

「早速ですが、ダンジョンのある場所に案内してくれませんか？」

「案内してもいいけど、正直人が出入り出来るような場所じゃないぞ」

「大丈夫です。これまでも様々なダンジョンに入ってきましたから。それなりに経験は積んで

います」

早速、俺はマインをダンジョンのある場所に案内した。

「なるほど、この上にダンジョンがありそうですね」

「ただ、上に行く道がないんだよなぁ……」

「それだったら、心配無用です」

そう言ってマインは呪文を詠唱《えいしょう》すると、体が宙に浮かんだ。

「なるほど、『浮遊魔法』か」

「私も一応ある程度の魔術を覚えているので」

そりゃそうだよな……。

「私は上に行ってダンジョンを探します。見つけたら縄はしごを垂らしますので登ってきてください」

そう言ってマインは上に行ってしまった。

第129話　元勇者、ダンジョン調査に同行する

マインが岩場の上に行ってから数分後、上から縄ばしごが下りてきた。

どうやらダンジョンが見つかったみたいだ。

俺は縄ばしごを登っていく。

結構な高さまで登ってマインと合流した。

「結構高いな。まさか、この岩場自体がダンジョンじゃないだろうな」

「その可能性は高いです。それじゃあ入りましょう」

「えっ!?　中に入るのかっ!?」

「入らないと調査は出来ませんから」

……そりゃそうだよな。

ダンジョンの中に入っていくマイン。

かなりのダンジョンを調査してきたのか、度胸がある。

俺もマインの後を追って、入っていく。

「はぁ〜、こんな風になっていたのか……」

ダンジョンの中に入って俺は感嘆《かんたん》の声をあげた。

ダンジョンの中はまぁ迷宮みたいになっている。

そして、この独特の空気。

一気に冒険者やっていた頃を思い出した。

マインは紙にスラスラと地図みたいなものを描いている。

「まだ一歩も動いていないのに、地図が描けるのか」

「はい、大体半径一キロメートルぐらいは透視することが出来ますから」

なるほど『透視』スキルを持っているのか。

更にマインは地面に手を当てる。

「なるほど……、かなり深いですね」

「俺の見立てだと四層ぐらいだと思うんだが」

「……私も同じです」

そう言って無表情だったマインはかすかな笑みを浮かべた。

第130話　元勇者、ダンジョンを調査する

1Fはスライムがメインだった。

壁の隙間《すきま》から湧いて出てくる姿は若干《じゃっかん》気味が悪い。

マインはそんなことを気にせずにどんどん先へと進んでいく。

あくまで攻略ではなく調査が目的だから無駄な動きをしないのはプロに徹する、という感じだろうか。

「ノエル様、階段がありました」

「こっから下に行けるんだな。どうだ？　このダンジョンは？」

「1Fは特に何も変化はありませんね。ですが、2Fから何か感じます」

そう言って下へと下るマインと俺。

2Fに入ると1Fとはまた様子が違っていた。

「……俺達、ダンジョンにいるんだよな」

「そうですね」

「なんで、森があるんだ」

2Fのスタートは森だった。1Fは石の壁だったが、今度は木になっている。

「これは……、『地層型』ですね」

「地層型？」

「ダンジョンには様々な種類があってオーソドックスなのは『迷宮型』、こういうフロアごとに形式が違うのは『地層型』、ダンジョンの中に建物があったり住んでいる人がいたりするのは『都市型』と分けられているんです。まぁ、結構レアだと思いますよ」

そう言うと、マインは銃を持つ。

「魔物を討伐《とうばつ》するのか？」

「いいえ、ダンジョンの魔物の生態調査も目的ですから、これは麻酔銃です」

そう言うと、茂みに銃を撃った。

ドサッという何かが倒れる音がした。

音がした方に行ってみると魔獣が倒れていた。

マインはバッグから腕輪みたいなものを取り出し魔獣の脚に取り付けた。

「この腕輪は魔獣のデータを取って自動的にギルドに転送してくるんです」

こういうこともやっているのか。

よく考えてみれば、ダンジョンにどういう魔物がいるかとかちゃんと載っているのも、マインみたいな調査員がいるから知ることが出来るんだよな。

縁の下の力持ち、ってこういうのをいうんだな。

第131話 元勇者、マインの弱点を知る

2Fは獣型の魔物がメインだった。

マインは手慣れたように麻酔銃を使い、眠らせていく。

まぁ、俺も剣を使って気絶させてはいるんだが。

「しかし、結構広く感じるんだが？」

「そうですね……、森になっていますが、石壁が木になっただけですからね」

迷宮と変わらないんだな……。

それでもマインは迷いなくどんどん進んでいく。

「階段がありました」

地面に階段がポッコリとあった。

次は3Fか、結構楽しみになってきたな。

俺達は階段を降りた。

「……何も見えん」

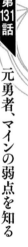

降りたら真っ暗だった。

すぐに松明《たいまつ》に火をつける。

「今度はまた普通の石壁か、マイン大丈夫か？」

しかし、返事がない。

「マイン？　大丈夫か？」

松明で辺りを見回すと隅でガタガタ震えているマインを見つけた。

「マイン、どうしたんだ？」

「わ、私……暗いところが苦手なんです」

顔を見ると涙目になっていた。

「これのせいで、パーティーを組んでもすぐに追い出されるし……、結局ソロでやっていても限界があるからダンジョンの調査員をやっているんです……」

ガタガタと震えながら話すマイン。

「大丈夫だ。俺が手を繋《つな》いでいるから」

「……離さないでくださいね」

さっきと違ってすっかり弱気な姿を見せているマイン。

多分、こっちの姿が本当なんだろうな。

第132話　元勇者、マインを励ます

3Fは主にゴースト系の魔物が多い。

マインはガタガタ震えながら『ヒィッ!?』とか『キャアッ!!』とか悲鳴を上げている。

「あぁ～、ゴースト系も苦手か」

「姿が見えないので……、前にひどい目に遭《あ》って以来トラウマになってて……」

そう言うマインの俺を握る手は、進むにつれてどんどん力が強くなっている。

「とりあえず力を抜いてくれ」

「すっ、すいませんっ!!　……ノエル様は怖くないんですか?」

「怖くはないけど不安はある。先が見えない部分は勇者として旅をしていた時と同じだよ。魔王を本当に倒せるのか、世界を救えるかどうかのプレッシャーが凄《すご》かったんだ」

あれは暗闇よりも先が見えなかったし不安しかなかった。

「ノエル様のプレッシャーに比べてみれば私なんかは……」

「いや、そんなことはないぞ。誰だって弱い部分はあるし完璧《かんぺき》な人間はいない、そう見えてるだけなんだよ。だから、マインも気にしない方がいいぞ」

「……ありがとうございます。少しは楽になったような気がします」

そういうマインの言葉から、少しは落ち着きを取り戻した様な気がする。

「そういえば、普段はどうしてるんだ？　夜とか不安があるだろ？」

「夜は薬を飲んで寝ています。こういうダンジョンがある場合は出来るだけ長くいない様にしています……」

第133話

元勇者、ダンジョンマスターに会う

真っ暗闇の中を松明の炎を頼りに進み、漸《よう》く《や》階段を見つけた。

「マイン、疲れたか？」

「いえ、大丈夫です。……ご迷惑かけて申し訳ありません」

マインはゴールが見えたみたいで、いつもの調子を取り戻していた。

「次が最終フロア、ダンジョンマスターがいる部屋か」

「そうですね、とりあえず一発ぶん殴《なぐ》ってやりたい気分です」

「ちょっ!?　調査が目的なんだろ!?」

「人のトラウマを刺激するような奴をこのまま見逃すわけにはいきません」

完全に私怨《しえん》が入ってるだろっ!?

なだめつつ俺達は階段を下っていく。

最終フロアは一直線の道があり奥には巨大な扉があった。

「この扉の奥にダンジョンマスターがいるのか」

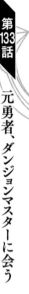

「この扉の大きさからすると……、ダンジョンマスターはドラゴン級ですね」

ドラゴン、俺も何度か戦ったことがあるが魔獣の中では手ごわい相手だ。

そんなのが、領内にいるのか……。

「しかし、特殊な構造がしてあって普通に開きませんね。仕方がありませんが、ここで調査は終了としましょう」

「そうだな、入れないならしょうがない」

別に攻略に来たわけじゃないしな。

俺達は道を引き返そうとした。

『ちょっと待ちなさい！』

突然どこからか声がした。

『我がダンジョンに初めて来た人間達よ。特別に歓迎してあげるわ』

扉がゴゴゴという音と共に開いた。

「……入っていいのか？」

「開いたということは入っていいんでしょう」

俺達は扉の中に入っていった。

「……なんだこりゃ？」

中に入って俺は驚いた。

中には多数の画面があり、大きな機械があった。

「ようこそ、私のダンジョンへ！　私はこのダンジョンのマスターのエルフィンよ」

そこには桃色の長髪の幼い少女がいた。

ただ、普通の少女と違うのは頭に角《つの》、そして尻尾《しっぽ》、背中には片翼があった。

「ド、ドラゴンなのか？」

「私は『ハーフドラゴン』、半分ドラゴンで半分人間よ」

「ハ、ハーフドラゴンってかなり貴重の種族ですよ」

冷静なマインもちょっと興奮している。

第134話　元勇者、エルフィンの事情を知る

「人間界では貴重だと思うけど、ドラゴン界では嫌われ者なのよ。ハーフドラゴンってドラゴンでもないし人間でもないから、それに見ての通り翼が生まれつき片方しかないのよ」

そう言って苦笑いするエルフィン。

「私はドラゴンになれないし、翼も片方だけ。住んでいた集落では苛《いじ》められていたわ」

ドラゴンにはドラゴンの複雑な関係があるんだなぁ。

「それで、此処《ここ》にダンジョンを作ったのか？」

「それもそうだけど、アリス様に勧められたこともあるのよ。『この土地なら大丈夫』って」

アリスが噛《か》んでいたのか。

そう言えば、前に『ひょっとしたら私の知り合いが移住するかもしれない』って言ってたことがあったな。

それって、エルフィンのことだったのか。

「それで、いつのまにこんなダンジョンを作り上げたんだ？　それにこの機械はなんだ？」

「あぁ、これ？　私特製の監視マシンとモンスター製造マシンよ！」

エッヘンと胸を張るエルフィン。

「えっ、でもモンスターは自然発生するものではないんですか？　人工的に作るなんて聞いたことがありません」

様々なダンジョンを調査してきたマインも初耳らしい。

「それを可能にしたのがこの私！　集落では友達がいなかったから一人で籠《こ》もって本を読んだり機械いじりをしていた時に偶然発見しちゃったのよ、モンスターを人工的に作る理論を。その理論をもとに作ったのがこの製造マシン！」

エルフィン曰《いわ》くモンスターを作るには特殊な素材やモンスターの細胞が必要らしい。

しかし、人工的に作ったモンスターはデメリットがあり改良の余地がまだまだあるらしい。

それをアリスに相談したところ、この場所を勧められたそうだ。

「つまりは実験施設、っていうことか」

「そういうことね」

「コレ、私の手に負える様なものではありません……」

マインもドッと疲れたような顔をしている。

気持ちはすごい分かる。

とりあえずわかった事は、目の前にいるドラゴン娘はかなりの天才であることだ。

第135話　元勇者、ダンジョンの在り方を知る

「それで、このダンジョンはいつ作ったんだ？」

「一か月ぐらい前かな。集落を追い出されてすぐにここに居ついたから。元々此処は広かったから、ダンジョンを作るのに向いていたのよ」

そりゃそうだ、基本こんな崖《がけ》のところにダンジョンがあるとは思わない。

「でも、これでもまだ途中なのよ」

「途中？」

「そう。ダンジョンは生き物と一緒で常に変化して成長するものだから」

「それは、以前入ったダンジョンも変化している、っていうことか？」

「そういうこと」

「それはわかります。年に一回定期調査をしているんですがフロアが増えていたり、新しい魔物がいたりします」

マインが頷《うなず》いていた。

「一つ聞いてもいいですか？　先ほど、生き物と一緒とおっしゃいましたが、それでしたらなんらかのエネルギーが必要だと思いますが」

「それはダンジョンによってそれぞれなんだけど、このダンジョンは人の『負の感情』をエネルギーにしているわ」

そう言ってエルフィンはキーボードを叩いてある画面を映し出した。

それは３Ｆの映像だった。

「あうぅ……」

マインは思い出してちょっと落ち込んでいる。

「ごめんね、全フロアに監視カメラを設置しているの。このフロアはちょっと変わってて、入ってきたと同時に冒険者のデータが一瞬にして入力されてその人物がトラウマになっているシチュエーションを実写化することが出来るの。それによって、恐怖とかが発生するからそれを取り込むことが出来るの」

「それ、ある意味すっごい最悪だな!?」

「勿論《もちろん》、アフターフォローは考えていて、そのトラウマを除去出来る可能性もあるわ」

「本当ですかっ!?」

急にマインがエルフィンに近づいた。

「か、顔が近い……。今のだと小さい頃に押し入れかなんかに閉じ込められたんじゃないの？

その記憶が一番強く残っていたみたい」

「……っ!!」

マインは驚いたような顔をした。

心当たりがあるみたいだな。

第136話　元勇者、歪な親子関係を知る

「マイン、心当たりでもあるのか？」

「はい……、私の父はギルド本部のギルド長なんですが、幼い頃から私を一人前の冒険者にする為に厳しい教育を受けさせて失敗すると物置に一日閉じ込められていたことがあります……。暗くてお腹が空いて寂しくて……、長い時には一週間閉じ込められた時もありました……」

　それ、虐待《ぎゃくたい》に等しいんじゃないか？

「多分、それが原因でしょうね。『絶対的支配』っていう奴、それを直すためには抵抗するのが一番いいと思うよ」

「抵抗、ですか？」

「そうだな……、例えば国に訴える、とか？」

「えぇっ!?　そ、そんなこと……」

「いや、だって細かい部分はわからないけども、今の話は間違いなく虐待だと思うぞ。マインだってわかるだろ、それぐらいは」

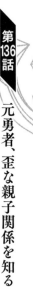

「……」

マインは俯《うつむ》いてしまった。

「親に自分の意志を示すのもいいことだと思うよ。それだけで人生ちょっと変わるわよ」

その後、俺達はダンジョンを無事脱出出来て、村に戻ってきた。

「はぁ〜、そんなことがあったのか」

ガダールが俺の話を聞いて驚いていた。

「そういえば、ギルド本部とシエンスのギルドって関係がかなり悪いらしい。革新的なシエンスのギルドに対して、ギルド本部は古い体制らしいからな」

「そうか、此処も睨《にら》まれているんじゃないか？」

「ノエルがいるからなぁ、そこは大丈夫だよ。で、どうすんだ、マインのことは？」

村に戻ってきてからマインは上の空だった。

エルフィンや俺の指摘を受けて色々考えているらしい。

「まぁ、娘の前で言うことじゃないけど……、本部のギルド長はワンマンらしいからな。気に入らないことがあるとすぐ手を出すらしい」

ボソッと小声でガダールが呟《つぶや》いた。

「そんなに評判が悪いのか？　それなのになんでギルド長なんてやっているんだ？」

「冒険者時代にかなりの成果をあげたらしい。それを支持する冒険者達もいるみたいで……」

なるほどな……。

だからといって娘を虐待していいわけではない。

なんとか、突破口になることがあればいいんだが。

第137話　元勇者、嘘を暴く

その翌日。


「昨日はエルフィンがお世話になったみたいで悪かったね」

「いや、なかなか貴重な体験をさせてもらったよ」

アリスが村にやって来た。

「話はエルフィンから聞いて、ちょっと調べてみたんだ」

「調べる、ってマインの父親のことをか？」

「うん、ダンジョンマスターの任命は魔王の役目、報告書がちゃんと上がってきておる」

「……魔族もデータをとっているんですか？」

マインが意外そうな顔をしている。

「勿論。それで、過去の報告書を調べてみたが少々おかしなことがわかったぞ」

「おかしなこと？」

EX-BRAVE WANTS A QUIET LIFE

「マインっていったよね？　貴女《あなた》の父親の名前は？」

「エネゼル・ネコールといいますが……」

「その名前ね、こちらには記録が残ってないぞ」

……はい？

「ダンジョンを攻略したり、魔物を倒したりすると、自動的にその者の名前やデータは魔王城に送られてくる仕組みになっているんだけど、そのエネゼルという者のデータはないよ」

「えっ……、本当ですか？」

「うん、ちなみにどこのダンジョンを攻略したか聞いたことがあるか？」

「ちょっと待ってください」

マインはガサゴソとカバンの中を漁《あさ》り、ある物を取り出した。

「これは父の武勇伝を纏《まと》めた本です。この中に父が活躍した話が載っています」

……本にしてんのかよ。

何かカインを思い出したよ。

結局、アイツの本全部燃やされたらしいからな。

アリスは本を読みながら、報告書と照らし合わせていく。

ふぅっ、と息を吐いたアリスは、マインに言った。

「貴女の父親、こう言うのもなんだけどとんでもない大嘘つきよ。この本に書かれている武勇伝は全て嘘よ」

「ほ、本当ですか？」

「倒したどころか、仲間を見捨てて逃げているらしい。多分、映像が残っているかもしれない」

マインは呆然《ぼうぜん》と立ち尽くしていた。

そりゃあそうだろうな。

絶対的存在の父親が実は大嘘つきだ、ということは娘であるマインにとってはショックだろう。

でも、これでひょっとしたらマインのトラウマを解消出来るかもしれない。

第138話　元勇者、追及する

シュヴィア領内にあるギルド本部。

シエンスのギルドよりも少し大きいぐらいの建物内にあるギルド長室。

そこにエネゼル・ネコールがいた。

「いやぁ、まさか勇者様自らご訪問してくださるとはっ！」

「一応、ダンジョンがあるのは俺が治めている領内にあるからね、挨拶《あいさつ》だけはしておかないと、と思ってね」

俺が自己紹介した瞬間、エネゼルは明らかにあせっていた。

俺も勇者時代にいろんな人を見てきて、それなりに人の感情を読み取ることは出来る。

あまり、歓迎されてないことはわかる。

「……こちらが今回の報告書です」

「そ、そうか、ご苦労だったな」

「それともう一つ見てもらいたいものがあります」

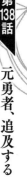

「もう一つ？」

「……過去のダンジョン攻略の報告書です。魔族側のですが」

「なにっ⁉」

「ダンジョンは元々魔族のものだ。報告書があってもおかしくないだろ？　それに、向こうにも攻略者のデータがあるそうだ。確認したが、そこにはあんたの名前がなかった。あんたは数々のダンジョンを攻略したそうだが魔族側にはない、これはどういうことだ？」

「そ、それは……」

明らかにあせっている。

間違いなく何か隠している。

「映像も残っているそうだ。見てみるか？」

「……お父様、本当のことを言ってもらえませんか？　私はお父様のことを尊敬しているんです。私を信じさせてください」

「……」

黙っている。

「喋《しゃべ》らないのであれば、国に訴えることも出来るぞ」

「なっ⁉」

「公《おおやけ》の場で真実を明るみに出せば、疑いは晴れるだろう」

「そ、それは……」

「お父様、お願いします……」

「……頼む、国に訴えるのだけは止めてくれ！　確かに俺はダンジョンを攻略していない！　怖くなって所属していたパーティーメンバーをおいて逃げてしまった！　嘘を言って俺の手柄にしてしまった……」

「しかも、一回だけじゃないよな？」

「……逃げ癖《ぐせ》というのを身につけてしまったんだ。ギルドも当時は甘くて俺の報告書はそのまま通ったし、パーティーメンバーも帰ってこなかった。だが、いつかばれる日が来るだろうと思っていた。その時は潔《いさぎよ》くこの身を引こう、と思っていた。それが実の娘に断罪されるのであれば本望だ」

「お父様……」

「あんたがそれだけ潔くて良かったよ、こっちも追い込みたくはないからな。でも、もう一人だけ謝らなければいけない人物がいるだろ？」

「謝らなければいけない人物？」

「マインだよ。あんた、躾《しつけ》としてマインの心に傷をつけてるんだよ。そのおかげでマインは冒険者として誰ともパーティーを組めなかったんだ」

「そ、それは本当か……？」

「は、はい……。私は未だに暗闇が苦手です。昔、お父様に物置に閉じ込められ数日間過ごしました。それが未だに忘れられずにいます」

「……そうだったのか。すまなかった」

エネゼルはそう言って頭を下げた。

後日、エネゼルは全てを話して謝罪し、ギルド本部の長を辞した。

第139話　元勇者、ダンジョンの評価を受ける

それから数日後、再びマインがやって来た。

前回来た時よりは明るくなっていた。

「あの後、お父様と話をして病院に行って診察を受けました。結果はやはり精神的なトラウマが残っている、と診断されました」

「原因がわかって良かったじゃないか」

「はい、モヤモヤしていたものがスッキリしました」

多分、これから治っていくだろう。

「それで、こちらがダンジョンの調査結果となります」

一枚の紙を渡された。

そこにはダンジョンの細かい調査結果が載っており、最後にランクがあるのだが……。

「『ランクEX』ってなんだ?」

「異例中の異例ですけど、『誰でも入れる』ということにしました。モンスターもあまり強い

のもいませんし……、ですが攻略出来るかどうかというと疑問がありますから」

なるほど、微妙ということだな。


その後、ダンジョンへの道を整備して、ハノイ領のダンジョンは、正式にギルド公認のダンジョンとして稼働《かどう》した。

お蔭《かげ》で冒険者が多く立ち寄る様になり村は大賑《おおにぎ》わいとなった。

ダンジョンの評判はというと、人によって違っていて、ある冒険者はクリアー出来ずにそのままやめてしまったり、パーティーを組んでいた者は解散したり、またある冒険者はスッキリした気持ちになり、と様々だ。

ギルド自体にも大きな変化が起きていた。

魔族側でもデータが残っているのが分かり、ギルドは魔族側と協力をすることが決定。

結果として冒険者のランク付けの修正が行われた。

ランクダウンする者もいればランクアップする者もいた。

正当な評価をつけられる様になり、冒険者の格が全体的にあがった。

第140話　元勇者、シュヴィア王族の家庭環境を知る

「今日も異状なし、と」

俺は自分の部屋で書類を書いていた。

領主の仕事として国に報告義務があり、月一で報告書を提出している。

最初は慣れない書類との格闘に苦戦していたが最近は慣れてきた。

ていうか、何かしら報告しなくてはいけないことが起こるので書くには事足りているから。

まぁ、その都度《つど》シュバルツに来てもらっているのが申し訳ない。

そんなシュバルツだが最近目に見えて疲労が溜まっているように見える。

此処《ここ》に来る回数が明らかに増えてきている。

もしかして城内で何かあったんだろうか？

ていうか、今日の前にいるし。

「もう夜だぞ？　城に帰らなくていいのか？」

「正直、今は帰りたくないんですよ……」

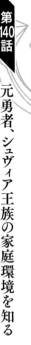

「いや、一国の王子が領主とはいえ民間の家に泊まるのはまずいだろ。何かあったのか？」

「……母上が戻ってくるんです」

「母上、って王妃様ってことか？」

「はい……」

そういえば、王妃様に会ったことないな。

「王妃様ってどんな人なんだ？」

「母上は『シュヴィアの姫騎士』と呼ばれるぐらいの人で女性で初めての騎士団長を務めて父さんが戦場で駆け回る母上のその姿を見初《みそ》めて結婚したそうなんです。今でもシュヴィアの女性の憧れですよ。アンジェも憧れていますし」

「そういえばアンジェも騎士団に入っている、って聞いたことあるけど……」

「完全に母上の影響です」

「その王妃様が戻ってくる、って今まで別々に暮らしていたのか？」

「ええ、実は母上の実家でトラブル、家族間の問題があって母上は解決する為に実家に行っていったんです。それは解決出来たんですが、そこから領地内でトラブルが起きて解決する為にずっと実家にいたんです。ようやく落ち着いたので王都に戻ってくることになったんです」

「良かったじゃないか。家族で生活出来るのであれば」

「僕達はいいんですよ。ですが城内はそうでもないんです。母上が戻ってくることで都合が悪い人達がいるんです」

「反対派、っていうことか？」

「母上がいないことをいいことに好き勝手やってくれていましたからね、前に長兄が婚約破棄《はき》した、って言ったじゃないですか」

「あぁ、聞いたことあるが」

「それも反対派の仕業《しわざ》だったんですが、何せ証拠がないですから厳しく処罰することも出来なくて……。でも、母上が戻ってくることで多分これから城内は荒れますよ……」

「それが憂鬱《ゆううつ》だったのか」

シュバルツはコクリと頷《うなず》いた。

第141話 元勇者、シュヴィア国の王妃と会う

それから数日後、シュバルツが再びやって来た。

今度は大きな荷物を持ってきて……。

「まさか、家出したのか？」

「そうじゃないですよ。父上の命で『暫《しばら》く避難していろ』と避難って……。

「母上が明日戻ってくるんです。城内は今、大慌てなんですよ」

「大慌てって……、もしかして『もみ消し』か？」

「まぁ、無駄なんですけどね。母上には報告がいっていますから」

そう言って苦笑いするシュバルツ。

「母上は不正とかを絶対に許さない人です。どんなに名門であっても母上ににらまれたら即アウトです」

「元々が騎士だから、正義感が強いんだろうな。ってことは俺のことも？」

EX-BRAVE WANTS A QUIET LIFE

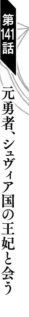

「勿論《もちろん》です」

あぁ～、もしかして俺、会わなきゃいけないかもしれないなぁ……。

しかも、明日っていったら、国に報告しに行かなきゃいけない日じゃないか……。


翌日。


シュバルツと共に登城した俺。

城内はなんというかピリピリしている。

普通は歓迎モードだと思うのだが。

そんだけ王妃という人物が恐れられている、ということか。

場内の大広間には貴族や領主達が集められている。

まぁ、当然俺もその中に入っている。

そこへサリウス王が入ってくる。

「諸君、知っての通りだが、我が妻であるクラリス・シュヴィアが本日より我が国に帰還し、国政に復帰することになった。これよりクラリスより挨拶がある。心して聞くように」

そう言うと、一人の女性が入ってきた。

「皆様、ご無沙汰《ぶさた》しております。実家の方で問題が色々ありまして、不本意ながら国政を長い間離れておりましたが、こうして復帰させていただくことになりました。今後ともよろしくお願い致します」

そう挨拶する俺は王妃の顔を見て驚いた。

「え……」

だって、俺、会ったことあるよ。

勇者時代に一瞬だけど一緒に戦ったことあるよ。

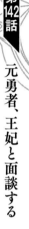

第142話　元勇者、王妃と面談する

あれは一年前、俺が勇者として旅立ち、使命感に溢《あふ》れていて、夢も希望も持っていた頃。

当然、裏で起きていた密かな計画なんて知らなかった。

ある時、俺は魔物の集団に襲われた。

まだ旅立ったばっかだし、レベルも上がっていなかったから苦戦を強《し》いられていた。

そんな時、突然現れた女騎士がいた。

いきなり現れた女騎士は、あっという間に魔物達を倒していった。

俺は礼を言うと『この地域に用事があって来たついでよ』とニッコリ笑ってくれた。

それで暫くは一緒に行動した。

その間、俺の戦いについて意見を言ってくれて、たまに稽古《けいこ》をつけてくれたりした。

そういえば確か『クラリス』って言ってたよなぁ……。

まさか、王妃様だとは思わないだろう。

どう見たって人妻で大きな子供がいるなんて思えないぐらいの若さで、剣の腕も立っていたからなぁ。

そんなことを考えながら王妃様を見ていた。

「これから、新しく領主となった者、家を継いだ者について面談を行います。今から名前を呼ばれた者は此処《ここ》に残る様に」

当然だが俺も呼ばれた。

貴族や領主達は執務室に呼ばれ、面談が行われた。

面談を終えた者はホッとした様な表情や、顔面が蒼くなった者がいた。

そして、俺の番がやって来た。

「ハノイ領、領主兼村長のノエルです」

「そちらに座りなさい」

俺は指示されて椅子《いす》に座る。

「領主になってまだ日が浅いみたいだけど、頑張っているみたいね」

「ええ、最近はようやく慣れてきました」

「将来的にはどのように領地を作っていくつもりですか？」

「具体的なプランはまだ見えてないんですが……、俺は種族関係なくみんなが笑顔で暮らせるような村を作りたい、と思っています」

「そうですか……、あの時と変わってないわね」

「えっと、やっぱりあの時の……」

「ええ、あの時は素性《すじょう》をばらすわけにはいかなかったのよ。貴方《あなた》、あの時も同じこと言ってたわね。『みんなが笑顔で暮らせる世界になる為に戦っている』って」

そういえばそうだったなぁ。

「それに『戦いが終わったらのんびり暮らしたい』とも言っていたわね。願いはかなっているじゃない」

「まぁ、のんびりとはいえない日々ですけどね」

俺は苦笑いして答える。

「私はあの時、丁度《ちょうど》実家に帰る途中だったのよ。その時にたまたま遭遇《そうぐう》したのよね」

「もしかして、俺が勇者だっていうことは……」

「勿論、知っていたわ。ただ、戦い方がまだ隙《すき》だらけで見てられなかったから、加勢したのよ」

そうだったのか……。

第143話　元勇者、王妃の実力を思い知る

「ところで一つ聞きたかったことがあるんだが？」

「私が長い間、留守にしていたわけ？　簡単よ、叔父《おじ》が私が王妃であることを良いことに領地で好き勝手やって領民を苦しめていたから、懲《こ》らしめに行ったのよ。叔父には退場してもらって、荒れた領地を復旧させる為に領主代行をしていたのよ」

なるほど、そういうことだったのか……。

「今度は城内の大掃除《おおそうじ》をしなきゃいけないわね。いやぁ、腕が鳴るわ♪」

何かこの状況を楽しんでいる様な気がするのは気のせいか……？

「気のせいではありませんよ。母上のやり方なんです。わざと相手に好き勝手やらせて増長させて完膚《かんぷ》無《な》きまで叩き潰すんです」

「エグいやり方だな」

「精神的にも肉体的にも追い詰めるのが母上なんです……。息子の僕でも引きますよ」

「サリウス王は何も言わないのか？」

「父上は母上の性格を知っていますからね、国が良い方向に進むのであれば文句は言いませんよ」

「まさか、あの戦闘狂が王妃様だったなんて……」

アイナにクラリスのことを話したら驚いていたな。

「母上はそんなに凄《すご》かったんですか？」

「馬に乗って迫ってくる魔物を一刀両断、返り血を浴びながら笑ってるのよ。どうかしちゃったんじゃないか、って思ったわ」

うん、ドン引きしていたよな。

シュバルツも引いているな。

さて、それからシュヴィア領内では大幅な領地の改変が行われた。

王妃による貴族の取り締まりが始まったことで、反対派の貴族は領地の没収や、身分剝奪《はくだつ》、国外追放が行われた。

流石《さすが》に死人は出なかったものの抵抗されるんじゃないか、と思っていたが、抵抗させる力さえも奪ったらしい。

叩き潰す、というのはこういうことをいうんだろうな。

その結果、うちの近辺の領地が領主不在となり我が領となった。

第144話 元勇者、新領地の運営をする

「まさか、領地が増えるとは……」

まだ、現在の状況でも結構大変なのに領地が増えるとなると当然仕事が増えるわけだ。

書類の海に溺《おぼ》れそうな気がする……。

「ただ、資料によると今までの領主による運営はあまり芳《かんば》しくないみたいです」

ミレットがシュヴィア国から届いた新しい領地のデータを見ながら言った。

「それは前の領主が原因なのか？」

「そうですね、収入と支出のバランスが悪いです。そこから立て直さないとダメですね」

流石は元王子、的確なことを言ってくれる。

「とりあえず、現地に行ってみないとダメだな」

次の日から早速新領地を訪れることにした。

結果から言えばやはり現地に行かないとわからないことがあった。

最初は抵抗されるかと思っていたが大歓迎を受けた。

早速ミレットと一緒に領民達に聞き取り、調査を行い、新領地の問題点を洗い出し、対策を掲示した。

高すぎる税金を下げて領民の生活標準を上げることを当面の目標とした。

故障している設備があったらすぐに修理する。

領民達は涙を流して喜んでくれたよ。

それから、新領地には『代表』をつけることにした。

基本的に新領地は代表に任せて何か困ったことがあったら代表が俺に言ってくるようにした。

代表は領民から信頼されている人物を聞きだし頼んだ。

これも全部ミレットのアイデアだ。

「はぁ～、今日も疲れた……」

一日が終わり俺は机の上で突っ伏していた。

「ノエル、コーヒーを持ってきたぞ」

そう言ってサラがコーヒーを机の上に置いた。

「ありがとな、サラが淹《い》れたのか？」

「あぁ、コレぐらいは出来ないとな」

俺はサラが淹れたコーヒーを飲んだ。

くな」

「美味《うま》いな、しかし領主になって日が浅いけど何か色々あってあっという間に日々が過ぎてい

「私も同感だ、最初は私とノエルだけだったのに段々と人が増えていった」

「そうだな、こうして村が栄えていくのを見ると嬉しい限りだ」

俺とサラは窓から見る夜景を見ながら言った。

「……ノエル、聞きたいことがあるんだが」

「ん？　なんだ？」

「ノエルは……、身を固めることはまだ考えてないのか？」

「それって、結婚ってことか？　……まだ考えてないな。いずれはするかもしれないけど」

「そうか……」

サラはそう言って黙ってしまった。

そういえば顔が赤いけど……、あれ？　もしかして今のって……。

何かそう思うと急に心臓がドキドキしてきたぞっ!?

ど、どうすればいいんだっ!?

結局、お互い顔を真っ赤にしただけで黙ったまま夜は過ぎていった。

「二人とも不器用だなぁ……」

アクアがそんな二人の様子を見てボソッと呟いた声は二人には届いていなかった。

あとがき

どうも、こうじです。『元勇者は静かに暮らしたい』2巻を読んでいただきありがとうございます。正直な話、本を出せただけでも満足していたのに2巻目を出せるとは思っていませんでした。これも読者の皆様のおかげです、ありがとうございます。

小説を書いていたことは誰にも言っておらず出版することになって初めて言いました。まぁ、驚かれましたね、やっぱり（笑）。だからと言って余り環境は変わっておりませんが。

2巻では、ハノイ村の開拓やら日常、トラブルを書いております。タイトルになっている『静かに暮らしたい』というノエルの希望はまだまだ叶うことはないみたいです。……多分、一生無理かも。

さて、今回も鍋島《なべしま》テツヒロ先生にキャラに命を吹き込んでいただきました、本当にありがとうございます。丁度《ちょうど》、この文を書いている時はまだ緊急事態宣言の真っ最中です。この本が家での暇つぶしになっていただければ幸いです。

こうじ

ダッシュエックス文庫

元勇者は静かに暮らしたい2

こうじ

2020年6月30日　第1刷発行

★定価はカバーに表示してあります

発行者　北畠輝幸
発行所　株式会社　集英社
〒101−8050　東京都千代田区一ツ橋2−5−10
03(3230)6229(編集)
03(3230)6393(販売／書店専用) 03(3230)6080(読者係)
印刷所　大日本印刷株式会社
編集協力　法貴仁敬(RCE)

ISBN978-4-08-631368-1 C0193